とちおとめのババロア

小谷野敦
Atsuhi Koyano

青土社

とちおとめのババロア　**目次**

とちおとめのババロア 7
実家が怖い 95
五条楽園まで 139
さようならコムソモリスカヤ・プラウダ 179

ホレイショーの自白 205
初出一覧 213

とちおとめのババロア

とちおとめのババロア

春先にも、外を急いで歩くと汗だくになる日がある。

福鎌《ふくかま》純次は、下北沢のアパートへそれこそ汗みずくで帰ってきたが、そのまま汗も拭わずパソコンの前に座ると、血走った目で何ごとかを調べ始めた。

出てきたのはウィキペディアの項目で、そこには一人の女性の顔写真が掲載されていた。それは確かに、いま純次が会ってきた女に間違いはなかった。

純次は、しばし呆然としていた。それから、がたがたと震え始めた。何か食べなければならないと思い、台所を調べるとカップヌードルがあった。酒を呑んだあとはカップヌードルが食べたくなるというが、湯を入れて食べると確かにうまかった。

純次はそのままベッドに横になったが、疲れていたのかそのまま寝入ってしまった。

純次はその夜、女と寝てきたのである。渋谷のラブホテルで、何度かデートしたあとだった。出会いは、ネットお見合い、世間では「出会い系」などと思われているが、定額制で、結婚を目ざすという建前のものである。断っておくが、純次は大学生ではないし、二十代ですらない。三十八歳で、聖アウグスチノ女学院大学のフランス文学の准教授である。

それがなんでネットお見合いかというと、結婚したくなったからである。東大卒の大学准教授なら結婚相手なんてすぐ見つかるだろうと思われるかもしれないがそうでもないのである。

　純次が、二年つきあった大学院の後輩と別れたのは五年前のことだ。フランス文学者の場合、まずフランスへ留学して博士号をとってくるか、その前段階のＤＥＡというのを取得してこないと、今ではお話にならない。純次は二十五歳でフランスへ渡り、三年でＤＥＡをとって帰国し、非常勤講師をして三年ほどしたら、ひょいと今の勤務先に拾われたのである。

　その後つきあい始めたのが六つ下の後輩の鷲津玲子だったが、玲子は二年して、フランスへ留学し、そちらで恋人を作ってしまった。

　いったんそうなると、存外別の相手は見つからないもので、メンヘラの女子学生に言い寄られて寝てしまったりしたが、変な子なので放置して、ちょっとびくびくするといったことがあったくらいだ。そのうち三十五を超えて、結婚したいなあ、と思っていて、ふと始めたのがネットお見合いだ。

　ネットお見合いで、男が女を選ぶなどということはありえない、と気づくのに時間はかからなかった。これはいいかな、と思った女にコンタクトをとっても、まず返事は来ない。美形写真を載せている女は、「あまりにメールが多いのでいったん停止します」などと書きこんでいる。ひたすら、少しずつ基準を下げて、メールを出し続けるしかない。

そんな作業を続けているうち、妙なプロフに当たった。「ヨウコ」とあって、写真はなく、三十二歳と書いてある。ここまではいい。ところが自己紹介欄に「徳田秋聲の文学を研究しています」とあるのだ。

徳田秋聲といえば、明治から昭和にかけての、自然主義の作家で、地味である。夏目漱石や芥川じゃなし、生半可な文学女子が手を出すシロモノではない。さては、国文学の院生か大学教員か、と思ったが、わざわざこんなプロフに書いているということは、一般的な男なら「引く」から、引かない男を探しているのかもしれない。

純次も、代表作の『黴』や『あらくれ』は読んだし、映画化された「縮図」もテレビで観たことがあった。

「研究者ですか?」とメールを出そうかと思ったが、当然正体は当面隠しておきたいだろうから、

「こんにちは。私はフランス文学が専門です。秋聲のどんな研究をしているんです

か」

というメッセージを送ってみた。

すると、三十分もせずに返事があったから驚いた。それも、

「八木書店版の秋聲全集の解題には、翻案作品の解明が済んでいないものがあるので、それを調べています。ジュンさんは、フランス文学の何がご専門ですか？　私はラディゲが好きです」

とあったから、純次ははっとして後ろを振り返った。

後ろを振り返ったというのは、誰か知っているやつが自分をからかっているんじゃないかと思ったからで、そんなことは振り返ってどうなるものでもないのだが、本能的に、である。

八木書店の秋聲全集というのは、通俗小説も入れた四十何巻というかなり多量の本格的なものだ。「研究している」などと言って、実際には感想文に毛が生えたようなものを書いているだけの者が研究者でもいる中、この人は本格的だ。

純次は、煙草に火をつけて一服してから、気を静めて返事をした。

「もしかして大学院生とか大学の先生ですか？　私の専門はバルザックです」

と簡単に書いて反応を見た。

すると今度は五分もせずに返事が来た。

「いえ、大学院は修士まで行きましたが研究者の道は進みませんでした。バルザックは『従妹ベット』がいいですね」

純次は、居住まいを正した。これは生半可なものではない。と同時に、

(ブスなんだろうな)

という邪念も頭をもたげた。これだけの教養があって、ネットで婚活をしているというのは、不美人だからに相違ない。三十二歳で美人で独身の女はたくさんいるが、そういう女はまずネット婚活はしないものだ。

純次は、会ってみようと思った。だが、写真を見て心の準備をしてからにしたい。写真を送ってくれと言うべきかどうか、考えるために、外へ散歩に出た。冬場なのでコートを着て、マルボロライトの箱とライターをポケットに入れた。

だがこういう時は、はなから結論は出ていて、ただそれを確認するために歩き回るだけなのである。帰宅した純次は、パソコンでメールやニュースをチェックしたが、メールはなくニュースも大したものはなかった。そこで婚活サイトへ移って、

「『従妹ペット』がいいと分かるとはすごいです。ぜひ一度お目にかかりたいと思いますが、写真を添付していただけないでしょうか」

と返事をした。

今度は、すぐには返事は来なかった。取り逃がしたかな、と思ったころに返事が来たが、写真はついていなかった。

「すみません、ウェブ上に写真を載せると流出しないとも限りません。私もぜひお目にかかりたいですが、もとより美人ではございませんが、会って不快にさせるようなご面相ではないつもりです。それでも、美人でなければ会う気はないと言われるのであれば、残念ですがいたし方ございません」

とあった。

「ございます」の使い方に、かすかなユーモアが感じられて、純次はこの「ヨウコ」と会うことにした。四谷のフレンチ・レストランで、まずはランチから、ということで話はすぐついた。純次のほうは、大学のサイトに写真も載っているし、躊躇なく写真を送っておいた。もとより美男ではないが、太っているとかとびきりブサイクというのでもない。それにしても、大学のサイトには、若くて美しい女性教員の写真が惜しげもなく掲載されているものがあるが大丈夫なのかと思うが、大学の先生というと一般の男には敷居が高くてストーカーしたりしないのだろうし、されるような女性は学内でもそういう目に遭うだろう、ということだろうか。

実は、ランチにしたのは顔が分からないからである。顔写真をもらって、そこそこの顔であればディナーにしただろう。そういう残酷な選択もまた、こういう場には含まれている。

純次は約束した時間の五分ほど前につき、物陰でマルボロライトを一服してから、禁煙のその店に入っていった。

ボーイが来て、お一人様ですか、と言っているので、いや、と店内を見渡していると、つと、目の前に女性が一人立っていて、

「福鎌さんですね」

と言った。少しの距離とはいえ、立ってこちらへ来たのを感じさせない、妙に優雅な身のこなしだった。格子柄の水色のワンピースに、薄手の紺のカーディガンをはおっていた。

確かに美人ではなかったが、あえて言うなら、安藤サクラとか市川実日子のような、

美人ではないが美しさを感じさせる顔だちだった。純次は、とりあえずほっとした。

すでに彼女がついているテーブルに導かれて、純次は名刺を出した。ヨウコは、

「あっ、名刺は私、持ち合わせてなくて」

と言い、ナプキンに、

「後藤雍子」

と書いた。

「後藤さんですね」

「ヨウコ、でいいです」

「しかし珍しい字を使いますね」

ヨウコは笑って、

「いつも言われます」

と言った。

「隠して置いたもの、壅蔽《ようへい》して置いたもの……」

「それを打ち明けては自分の精神も破壊されるかと思われるようなものを」

純次はぎょっとしてヨウコを見た。田山花袋が「蒲団」を書くに当たっての覚悟を

描いた『東京の三十年』の一節である。

「よく知ってますね」

「いえ、有名な一節ですから。柄谷行人が『日本近代文学の起源』で引用していますし」

ははあ、と純次が感心していると、

「でも違うんですよ」

とまたナプキンに、「雍」と「壅」と書いた。

「花袋のは、こっちです」

と「壅」のほうをさした。

「あっ、そうか……」

メニューが来たので、二人は魚料理を頼んだ。

「専門はフランス文学だけど、特に料理はフランスが好きってわけじゃないんですよ」

と純次が言うと、

「あらっ、そうなんですか。じゃあ今日は女の人と一緒だから？」

「まあ、そうですけど」

「じゃあ料理はどこのがお好みですか」

「中華がいいですね」

「私も中華、好きです。じゃあ今度は……」

と言いさして、言葉を切った。「今度」があるかどうか、まだ分からないからだ。

「しかし徳田秋聲とは驚きましたね。地味というか、ド地味というか。大学は国文科ですね？」

「はい。あっ、ええと、学習院なんです」

いいところのお嬢さんだろうと思っていたが、やはりそうらしい。

「先生が秋聲をやっていたんですか」

「いえ、そうではなくて、あの……秋聲に関心を持ったのは、古井由吉さんのエッセイが最初で……」

「へえ、それは渋いから渋いへという感じですね」

しかしそこで、ふと気づいて、

「あ、ヨウコだから、『杳子』を読んだんですね」

と言うと、

「ご明察です」

と答えた。

純次は背広姿だったが、ヨウコは地味だが上品な服装だった。文学についても、秋聲だけではなく、フランス、ロシヤの小説もよく読んでいて、なんだか五十年も昔の教養ある女性のようだった。

（まずいな）

純次はそんなことを思った。この「まずい」は、好きになってしまいそうだ、のまずいだが、不美人なのに好きになってしまうまずいも入っていた。だが、その不美人なのに、の部分は、自分への照れ隠しの部分もあったのである。

文学好きなお嬢さんなどというのは、昭和の遺物みたいなもので、そんなものは今どきいないし、それは要するにバルザックなど研究している自分を、そのことゆえに好意を抱く女などというのはいないということになり、純次はくりかえし、文学研究者がもてる時代ではない、といった意味のことを聞かされて生きてきた。だから、ヨウコと話していると、まるで、そんなことはないんだよ、あれは嘘だったんだよと聞かされているようだった。

と同時に、ヨウコが自分をどう思っているかは別問題で、振られた時のために心の準備をしておかなければならないから、それも含めての「まずい」だったのだが、下手をすると、こういう人と知り合えただけでも、「一期一会」でも良かった、などと思っている自分がいて、おいおいしっかりしろ、と自分に突っ込みを入れたりしていた。

レストランを出ると、近くの喫茶店へ入って、またいろいろと話をした。「また会ってくれますか」と純次が訊くと、「ええ、よろこんで」と作ったような笑顔で答えた。

ヨウコは赤坂辺の実家住まいで、すでに結婚した姉がいるということは聞いたが、父親の職業や、住所は詳しく教えてはくれなかった。

純次の実家は宇都宮で、石油の小売店をやっていた。父は早稲田の商学部へ行って家業を継いだ。兄が一人、宇都宮大学を出て結婚し、家業を継ぐことになっている。

渋谷や新宿では、知っている人に会うかもしれないから、避けたいとヨウコが言うので、それから二人は、上野や浅草、時には王子で会ったりした。本当は純次は、こういう東側の古い歓楽街は、郷里のほうへ通じる東武鉄道が走っていたりするし、嫌いだったのだが、ヨウコが面白がるのを見ているうちに、わだかまりが溶けて、上野や浅草が好きになってきた。

そんな風にして、二人は一か月半ほどで三、四回は会っていた。四度目か五度目、上野のお好み焼き屋で、注文して具材が来るのを待っている間、純次がマルボロを喫っていると、ヨウコは手を伸ばしてその煙草をとった。純次は、あるいは煙草などやめろと咎められるのかとひやりとしたが、驚いたことに、ヨウコはその煙草を自分がくわえて、一服喫った。それから純次の手に戻した。

「喫えることは喫えるんです」

ヨウコは言った。それが前兆だったのだろう。店を出ると、ヨウコは、つっと純次に寄り添うようにして、

「ねえ、セックスしよう」

と言ったのである。「東京ラブストーリー」である。

純次はヨウコのほうを見て、

「い、いいの?」

と訊いた。

「遠慮してるんじゃあ、ない？」

確かに純次はこれまで、三度くらいデートをしたらセックスしていた。相手がヨウコだから遠慮している、というのは事実だったし、内心では、今日あたりしてもいいかなと思いつつためらっていたのだ。

「ここからだと、湯島か鶯谷……」

「湯島にしましょう」

二人は、湯島のラブホテルに入った。純次は、ヨウコは処女ではないかと思っていたのだが、そうではないようだった。ヨウコの体はふくよかでなめらかだった。

隣の部屋へ行って純次がマルボロライトを喫っていると、服を着たヨウコがそばに来た。

「出したあとの男の人って別人になるって言うよね」

純次は苦笑して、

「そうならないように努めます」

と言い、煙草を灰皿で消して、

「あの、……結婚しましょう」

純次は言ったのだった。ヨウコは、純次の脇まで来ると、抱き着いて、

「ありがとうございます！」

と言ったから、純次はひそかにまた勃起してしまった。

「あの……。ヨウコさん、ってすばらしい女性だと思うんだけど、今まではうまくいかなかったり、したのかな…？」

純次が勃起の照れ隠しも含めて言うと、ヨウコの顔色がさっと青くなった。純次はぎょっとした。ヨウコは後ろへ下がると、正座した。純次は、ごくりと唾を呑んだ。

「申しわけありません。少し、ウソをついていました。これから本当のことを申し上げます。もしそれを聞いて、結婚はできないとお考えになったら、それは仕方のないことだと思います。結婚しようと思ってくださっただけで、わたくしは満足でございます」

と言った。純次は、少し心を震わせながら、

（在日？　被差別部落？）

などと想像した。ヨウコは、

「後藤、というのは本名ではありません。雍子女王、といいます」

と言い出した。女王？　エリザベス二世？　と純次がぼんやり考えていると、

「皇室の一員で、日本国籍はなく、皇統譜に記載されているのみです。家は松浦宮家と申しますが、正式には松浦宮雍子、ではなく雍子女王となります」

純次は、それまで何かが頭の片隅に引っかかっていた。おそらくこの人の写真をどこかで見たことがあったのだろうし、名前も聞いたことがあったのだろう。さらにその物腰、ただものではない感じはあった。それがいっきに氷解したから、疑いはしなかったが、まさかここで、葵の印籠を見せられたみたいに、へへーっと後ろへ下がってひかえおろうをやるわけにはいかない。

マルボロライトにまた火をつけて、会話に一拍を入れるために、

「え、なに、冗談？」

と震える声で言った。ヨウコ、いや雍子女王は後ろへしさると、バッグの中から、菊の紋の入った文書を出した。皇族の身分を証明するものだった。純次は手にとって、あやうく押し頂きそうになった。

そのまま、一分ほどの沈黙の時間が流れた。

「ちょっと、待ってください。考える、時間を、ください」

純次は、まだ春のはじめだというのに、顔の両側をどっと汗が流れるのを感じた。

「当然と存じます。……残念な結論が出ましても……仕方がありません。ウソをついたのはわたくしですから」

「は、いえ……」

在日とか部落とかいうのも、あながち大きく外れてはいなかったかな、と純次は思った。国籍がない、特殊な身分ということなわけだから……。

ふと純次は、

「え、ということは、シークレットサービスが……」

と口にすると、

「はい、すみません。ホテルの外に隠れて待機しているはずです」

と言ったから、顔から血の気が引いた。

「と、そ、それは、ということは……」

「はい、今までの私たちのデートも、側衛《そくえい》がついていました」

純次はなおさら青ざめた。ＳＰとかいうのは俗称で、皇族についているのは側衛

（官）というのだそうだ。女性皇族の場合は女性側衛がついている。

「本当にさぞかしご不快でしょうし、申しわけございません。側衛は口が堅いので、外へ漏れることは決してありません」

「そういう問題では……」

「本当にすみません。でも聞いてください」

そう前置きして、雍子は説明を始めた。

「両親や、関係者のご紹介で、私の身分をご存知の方とデートしたこともありました。でもそういう人は……いえ、私をそういう者だと思って見ておられるのが、どうにもたまらなかったのです。私の身分を知らない男の人とつきあったら、と思っていました。それでこんなことになったのです。全然違いました。新鮮でしたし、側衛がついているのは知っていても、解放感さえ感じました」

今度は『ローマの休日』か、と純次は思った。すると、

「私は『ローマの休日』のアン王女のように美しくはありませんが……」

と言ったから、心を読まれたように思ってぎょっとした。

「身分を隠してデートしたのは純次さんだけなのですから、比較対照が不十分なの

は分かります。でも私は純次さんが好きになりました」

純次は、なるほどそういうことか、とは思いつつ、まだ心の整理はつかず、早くこの場を逃れて、自分のちんまりしたマンションへ帰りたかった。

「あの、先に出てもいいでしょうか」

「どうぞ」

一緒にラブホテルから出たら、写真週刊誌が待っているような、右翼が襲撃してくるような気すらした。というより、側衛はどこだろうと思ったが、あまりきょろきょろするとその側衛に怪しまれるか、と思い、そっと物陰などをうかがったが、それらしい人影は見当たらなかった。

ホテルから離れ、側衛の恐怖から解放された純次は、頭がぼうっとなっていて、どうやって帰ればいいのか分からなくなり、上野駅から山手線に乗ろうとして、歩いているうちに地下鉄の湯島駅があったので、これで千代田線から小田急で帰ればいいのだと気づいた。

マンションでベッドに倒れこんだが、すぐ起き上がってパソコンに向かい、宮内庁のサイトに入って皇族一覧を見た。確かに、松浦宮家に「雍子女王」はいて、あの顔だった。ふうううっと、純次は深いため息をついた。両親の困惑した顔が浮かんだ。

昔は、島津家とか池田家とか、旧大名家や旧公家でなければ、皇族女子との結婚は考えられなかったが、最近は一般男性でも結婚している。とはいえ、それもそれなりの家柄の人ではなかったか。少なくとも、ある程度はマスコミに出ることになるだろう。とはいえ、天皇直系ではないから、それほどの騒ぎにはなるまい。

また純次はベッドにもぐりこんだ。そのうち、寝入ってしまったらしい。目が覚めると、深夜一時を回っていた。すぐに例のことを思い出し、のろのろと起き上がり、机の前に腰かけてマルボロライトを喫ったが、空腹を感じて、カップラーメンが食べたくなった。台所へ行って探すと、あったので、湯を入れて食べたらうまかった。

(皇族の婿さんになってもカップラーメンは食べられるのだろうか)

そう考えたら、何だかこれが最後のカップラーメンのように思えて来て、涙がにじんだ。

それで、ふと思い立ってパソコンのところへ行き、雍子女王あてにメールを打った。

だが、これまでと同じ調子で打てない。

(女王殿下、とかすべきなのか)

と思ったとたん、これまでの「殿下」との行動のすべてが、公安警察とか皇宮警察に把握され、監視されていたのじゃないか、という怯えが全身を走った。

二分くらい、そうして固まったまま、マルボロを喫っていたが、そんなことはあるはずがないと思い直した。

ふと、信岡に相談しようと思いついた。信岡は大学の同期で、社会学科を出て新聞に勤め、皇室記事も書いていたことがあり、今は国会議員になっていた。しばらく音信がなかったから、アドレスブックからアドレスを探して、「ちょっと相談したいことがあるんで電話してもいいかな」とメールした。すると驚いたことに十分ほどで返事が来て、「いまあいてるからかけてくれてもいいよ」と、スマホの番号が書いてあった。時計を見ると二時を過ぎていたが、純次はすぐその番号にかけた。

話を一通り聞いた信岡は、

「まあ、いいんじゃないかな」

と言った。

「皇室の女性は、贅沢をしない、家事などはなるべく自分でやるといった教育を受けているからいい奥さんになりますよ。それに皇室からは出てしまうわけだし、一般日本国民になれるわけだからね」

「僕みたいな石油売りの……いやそれだと石油輸入で儲けてるみたいだが…息子でいいのだろうか」

「全然いいんじゃない。東大卒のフランス文学者で女子大学准教授なんだから。まあ問題は、離婚はまずできないってことと、政治的発言はやめてほしい、ってことだろうね」

「ああ……」

「あなたは学生運動とか関係ないようだし、宗教とかもないよね？」

「まあ、ない」

「特に激しい政治的意見とかないでしょ？」

ないといえばないが、ひそかに持っているものはないではない。

「まあ、少しはあるだろうが、それを表に出さなければいいんで……」

最後に信岡は、

「とにかく、政治家になるよりはよっぽど楽な話なのは確かだよ」

と言って笑った。信岡は、政権党の有力者の娘と結婚して国会議員になったのである。

信岡との電話を終えると、二時半になっていた。純次は、ぐったり疲れている自分を発見した。眠りたかったが、最後に雍子にメールしておこうと思った。

「今日は驚きました。一つ質問があります。カップラーメンを食べるのは許されるでしょうか」

と送って、その服のまま、純次はベッドに倒れこんだ。

はっと目が覚めると朝だった。パソコンを見るとメールの返事があった。

「もちろん、食べてもいいですが、健康のため食べ過ぎないでくださいね」

とだけあった。

ちょうど春休みの時期だった。純次は、皇室女性の結婚について調べた。戦後、これまで七人の皇室女性が一般人男性と結婚して皇籍を離脱している。だが、うち四人は島津、鷹司などの旧華族で、一人は茶道の千家の人である。あと一人は出雲大社宮司の家柄で、唯一一人だけ、直接には華族などではない人がいるだけだ。調べながら、純次は足元がぞくぞくするのを感じた。もちろん恐怖のぞくぞくである。

もしかすると自分が、華族でも名家でもなく、何の関係もないただの一庶民で皇族女性と結婚する第一号になるのかもしれない。しかもその出会いは、恋愛、とはいえネット婚活なのである。ネットで知り合ったことは、当然世間には隠しておくべきことなのだろう。

やはり、もういっぺん雍子に会って相談すべきだろう。そこで電話をかけたが、人目のあるところでは話せないことだから、純次のマンションまで来てもらうことにして、下北沢駅の西口で待ち合わせることにした。南口は繁華街に向いていて人が多いからだ。

雍子は、サングラスと大きなつば広帽子をかぶってやってきた。淡いピンク色のウール地のワンピースに、ベージュの春用コートを羽織っている。

「変装だね」

と言うと、

「変身はできませんから」

と言った。

側衛はついてきているのかな、と思って、後ろを気にしたが、どうも、これというた相手は見つからなかった。だが、いるのだろう。たぶん、女の人で、地味めに装っているのだろう。

周囲をうかがいながらマンションへ入って、純次の部屋に入ると、雍子は純次にぎゅっと抱き着いてキスをした。

ネットで知り合ったことは隠しておく、ということはすぐ話がついた。側衛にも、友達の紹介、と言ってあるという。純次は、自分が一介の油商人の次男に過ぎないがそれで大丈夫なのか、と話した。雍子は、

「あの……昨夜お母さまにお話ししました」

と言ったから、純次はどきん、とした。それは早すぎるのではないか。

「えっ」

と言ってしまったので、雍子はあわてて、

「純次さんがまだ承諾したわけではない、ということは伝えてあります。やはり誰かに相談しないと……」

と言うから、そうかなと思いつつ、純次の頭の中では、雍子の母、妃殿下というような人が皇宮警察に電話し、「娘を誘惑している男がいます」などと告げ、そこから公安警察に連絡がいって、自分に尾行がつく、という情景が想像された。

「あの……こんな身上調査みたいなこと、申しわけないんですが、親戚に共産党の方はおられませんよね……？」

さらに生々しい話が飛び出したから、純次は面食らった。

「ない……とは思うけど…それは何親等以内で？」

と妙に理性的に訊き返していた。

三親等か四親等だと思う、と言うから、まあそれならいないだろう、と答えたが、少し気持ちが冷えた。

しかし、皇族女子でなくても、叔父に共産党員がいる、というような男との結婚に反対する企業重役などいくらもいる。それにしても、研究者として生きてきた純次には、こういう話を聞くのはつらかった。

少し、沈黙が支配した。

「こんな話、引かれてもしょうがないわよね」

雍子がポツリと言った。

「いや…」

と純次は、

「多かれ少なかれ、結婚にはこんな話がつきものでしょう」

と答えた。また沈黙が流れ、

「人間、ふたあついいことてえのはない、っていうからな」

と純次が言うと、

「『へっつい幽霊』で先代の三木助*が言ってたわね」

と雍子が言ったから、

「落語も聴くんですか」

と純次がちょっと驚いた。何でもよく知っている女性だ。

二人の間の言葉づかいは、「ですます」から次第に常体に変わっていたのだが、雍子の「身分」を知ってから、お互いにぎごちなくなりつつあった。特に純次のほうが「ですます」の敬体になりがちだった。

「コーヒーでも、淹れましょうか」

と言って、雍子が立ち上がったから、純次はコーヒーメーカーのある場所を教えた。

「やっぱり、バルザシアンだけあって、コーヒーは淹れてるんですね」

と雍子は言ったが、何だか無理に笑顔を作っているようだった。バルザックは、コーヒーを飲んで小説を書いたと言われている。純次が、モカがいいと言ったので、モカを淹れてくれた。

コーヒーを飲みながら、二人は何とか会話を盛り上げようとした。純次は焦って、いつもの調子に戻そうとしたけれど、うまく行かなかった。

するうち、雍子の目にうっすらと涙が浮かんでいるのに気づいて、純次は狼狽した。

「あの……逃げてもかまいません……いえ、逃げるなんておかしいですね。とりやめにしても……」

雍子は、

「逃げる」という言葉で、純次はさらにうろたえた。また沈黙が支配した。

「逃げたいのは私のほうなんですから……」

とつぶやいた。

そのうち、雨が降ってきた。やむまで待とうかと思ったがやみそうになく、今日はもう帰りますということで、純次は傘を差して雍子を下北沢の駅まで送り、悄然として自室へ帰ってきて、マルボロライトをいらいらと喫っていて、

（逃げたい……？）

と思い当たったのは日も暮れるころだった。

頭がぼうっとしていて、結婚をやめる、という意味でしか「逃げたい」をとらえきれず、そうかこの人も逃げたいのか、じゃあ終わりだなあ、と思ったのだが、それは辻褄があわない。これは「皇室から逃げたい」の意味だとやっと気づいたのは、我ながら間抜けな話だった。

逆にいえば、自分は彼女が皇室から逃げ出すために利用されているということになるのだが、純次にはそういう不快感はなかった。トルストイの「クロイツェル・ソナタ」などは、女が結婚相手をつかまえるのにどれほど狡猾な手段を用いるかを糾弾する小説だが、純次はもちろん家の財産を目当てにされているわけではない。昔のフランスやイタリアの貴族社会では、若い女が財産のある高齢の男、たいてい貴族だが、それと結婚して夫が死んだあと財産を受け継ぐもくろみで、自分は若い愛人を作って楽しんでいるといった話があり、よく小説にも描かれているが、別に純次はそういう利用のされ方をしているわけではない。

それからもメールのやりとりは続いたが、一週間後、純次の部屋で二人は、雍子が持ってきた「ターミネーター2」のDVDを観ていた。

純次は、雍子が「ターミネーター2」と言った時、皇室女子がそんなものを観るのか、と驚いた。能楽堂へ行って能とかを観ているのだと思ったからだ。

「能は……拝見することはあるわ。おつきあいだけど」

「そんなに好きじゃない？」

「まあ、寝ないようにする訓練を受けて育ったから、寝はしない、というだけで…」

それでも、茶道は表千家の師範について習っているという。

「あ、じゃあ俺も、結婚するとしたらお茶とか習わないといけないのかな？」

純次は何げなく言ったのだが、雍子は、

「あ、それはぜひお願いします。夫婦で招かれることもあるので……」

二人はこんな風にして、何ごともなかったかのように関係を取り繕っていった。

とはいえ、茶道となると、正座である。

結婚した友人から聞いたのだが、披露宴をやったあとは、セックスしていても衆人環視の中でしているような気がしたという。ということは、芸能人などで、大々的に結婚が報道されたりしていたら、ますますそうなのではないだろうか。

連休に純次は実家へ帰った。東武スカイツリーラインとかいう変な名前になった路線から乗り換えて、東武日光線の別れから、宇都宮へ入る。こういう言い方は何だが、東武線に乗ると、明らかに東京の人間とは違う顔だちの人びとが増える。やはりいくらか、北関東の農民顔、というのになってくるのである。すると自分はそういうところから抜け出した人間になるわけだが、皇族女性と結婚するとさらに身分が違ってくるのかというと、別にそうも思えなかった。

母は六十二、父は六十八になり、兄は四十歳ちょうどで、十歳の男の子と八歳の女の子がいた。

大人数でのわあわあとにぎやかな夕飯が済んで、下の子から順に眠りにつく中、母には話しておこうと思ったから、「お母さんちょっとあとで話が」と言っておいた。

しかし兄が、純次の部屋へ入り込んで、あれこれ話し込んでいるうちに十一時になり、兄はいささか、兄弟二人水いらずの対話に酔っているようなところがあり、まあ現に缶ビールを飲みながらなので酔っていたのだが、どうしたものか、と純次が考えていると、母がドアをたたいて、「純次、ちょっと」と言って呼び出してくれた。

普通の家で主婦の居場所は台所である。そこで、純次は状況を説明した。母はたまげたには違いないが、純次がアイパッドでその人の写真を見せて、ウェブ上の情報をあれこれ示しているうち、心細げな顔つきになった。

「純次、何かつらいことでもあったんじゃないかい」

「いや、別に自棄《やけ》になってるとかじゃなくて……」

母は一九五三年生まれだったが、そういう人は偉い身分の人と結婚するんじゃないかとか、いろいろ懸念を示し、皇族の女性とかいうのがこの石油小売店へ来訪するのかと思うと恐れ多いような気がするとも言った。とはいえ、ここから北に那須の御用邸があるから、宇都宮へ来るのは、鹿児島とかへ行くのに比べたら日常的なことじゃないか、と説明すると、妙なところで母の緊張が解けたようだった。

父や兄には、母から話しておいてもらうことにしたが、自分が東京に帰ってからにしてほしいと言っておいた。ところが、翌日起きると、もう母の顔は緊張でがちがちになっていて、「お母さん顔色悪いよ」と言われるほどだったから、まずいと思い、二泊する予定だったのを、用事ができたからと言ってその日の昼過ぎに家を発ってしまった。

出発することをメールで雍子に知らせると、新幹線で東京駅まで出てくれれば出迎えると言うので、恐れ多いことだと思ったが、大宮から新幹線に乗った。

東京駅に着くと、雍子は、驚いたことに、スーツ姿の女性と二人で、側衛の人だとのことだった。三十代半ば、つまりは純次と同じくらいの年配か、あごのがっしりした、体の引き締まっているのがよく見ると分かるが、薄紫のスーツ姿は、もとより人目には立たない。

「村井明菜といいます」

純次は「アキナ」と聞いて、中森明菜？　と思ったのだが、実際に同じ字らしい。名前で仕事が決まるわけではないが、皇室女性の側衛がアキナ、というのが何やらおかしい。村井さんは東京の下町育ちで、体育大学を出て皇宮警察に入ったという。柔道二段、空手三段だという。それで頭もいい。そうでなければ側衛は務まらないだろう。

皇室の側衛は、関西出身者からはあまり選ばれないらしい。やはり四六時中皇族と一緒にいるので、言葉が関西なまりだとやりづらいからだという。しかも雍子のような人は、いつも一緒にいるので、側衛はまるで親友のような感じになってしまうという。

村井さんの先導で、三人は駅構内のカジュアルなレストランへ入って夕食を摂った。

皇族の家には、大膳職《しき》の厨司《ちゅうし》といわれる専門の調理人がついているのだが、女子は将来のために料理も習わされる。

　雍子は、二十代の後半に、ベルギーに留学していたことがある。この時は、村井さんはついて行かなかったという。純次が、それは？　と訊くと、

「ＥＵ内では側衛はつかないということになっているの。アメリカだとつくんだけれど、ＥＵは安全ってことらしいんです」

「今はＥＵも安全じゃないし、英国は離脱しましたがねえ……」

　雍子は、村井さんのほうをちらっと見て、

「安全ってのもあるけれど、皇族に羽根を伸ばさせるって理由もあるんじゃないかと思いますわ」

　と言った。

　なるほど…。純次はそう思った。雍子の研究題目は、フランスの画家で作家でもあるフロマンタンだった。フロマンタンには『オランダ・ベルギー紀行』という著作がある。

「でもあたくし、『ヴィレット』をずっと読んでいて……」

「ああ、シャーロット・ブロンテの？」

『ヴィレット』は、シャーロット・ブロンテがベルギーのブリュッセルで学んだ時の経験に基づいた小説だ。ヴィレットというのは、その小説内でのブリュッセルのことである。

「小説で人名をモデルと違えるのはよくあるけれど、都市名を変えるのは珍しいですね」

雍子が言うので、純次は、

「いや、最近はホラー小説とかで犯罪の舞台になった町なんかはよく変えてありますね」

と答えた。

「ああ、そうですか。純文学では？」

「ええっと、ああそうそう、『赤毛のアン』のアヴォンリーは、キャベンディッシュって町がモデルでしょう」

「あっ、そうね。わたくし、『赤毛のアン』好きでした」

「アニメが良かったからね。……『坊っちゃん』も、松山だと思われているけど作中には松山とは書いていない」

「そうでした。でも一国の首都名を変えてしまったのはヴィレットくらいかも」

微笑しながら聞いていた村井さんは、そこでふと、

「お二人が敬体で話されているのは私がいるからですか？」

と訊いた。ケータイ？　と純次は一瞬分からなかったが、ああ「ですます」体のことか、と気づいた。敬語と言う人がいるが、敬語というのは、なさいますとかそういうのののことだ。

雍子のほうはすぐに意味が分かったようだが、「ええ、そうかもしれません」と言ってから少し顔を赤らめて下を向いた。二人きりでいる時に常体で話しているのを村井が想像しているのを想像したからだった。

「私も、まだまだいつも常体で話すというわけにはいかずにいます」

と純次が言うと、村井は、

「一生敬体でも構わないんですよ」

と言い、

「ちょっと前は一般の方でもご主人には敬体という奥さんもいらっしゃいました」

とつけ加えた。

少し、沈黙が落ちて、みな食べることに専念した。

「カナダへ行ってみたいなあ」

と、雍子が言った。純次が顔を見ると、

「ヴァンクーヴァーは行ったことがあるの。でも東のほうはまだなんで」

と言う。純次が「プリンスエドワード島へ行くプリンセス」と茶化すと、

「いえ、モントリオールとか、トロントとか」

と雍子はまじめに言って、

「そういえば、読んでないんだけれど、モーパッサンに『モントリオール』って長編があったわよね」

「ああ」

「あれはフランスの都市？　カナダの都市はそこからとったの？」

「いや、違う。あれはややこしいんだ。モーパッサンのは、オリオールって人が温泉を発掘して、そこがモントリオールと呼ばれる話なんだけど、カナダのモントリオールは英語読みで、フランス語だとモンレアルになる。その語源がまたはっきりし

なくて、モン・ロワイヤル、つまり王の山ってのがあってそれが変化したと言われている」

「へえぇ……」

モーパッサンの『モントリオール』は、人妻の情事の話なのだが、そのことは純次は言わずにおいた。

駅から外へ出ると、公用車が待っていた。村井さんと雍子は赤坂御用地のほうへ帰るので、千代田線で帰る純次を、乃木坂の駅まで送ってくれた。

車から降りて、乃木坂駅への階段を下りながら、純次は解放感を覚えていた。まあ、東京駅へ迎えに来ると聞いた時は、そのまま下北沢のマンションへなどと考えたりもしたのだが、そうもいくまい。

マンションへ帰った純次は、連休明けの授業の準備にとりかかった。フランス文学者といっても、教えているのは一年生向けの初級フランス語三コマに、異文化コミュニケーション学科での「異文化理解」という授業、「異文化コミュニケーション」という授業が一コマずつである。あとの二つは、本来ならフランス文学を教えるべきものだが、純次の教える女子大では、東大でのように、フランス語で文学作品を読ませるなどということは不可能だから、ペローの童話のやさしくリライトしたものを読ませるか、さもなくばボドレールなどの詩を見せ、翻訳も提示して話をする。「異文化理解」のほうでは、フランスの恋愛事情に関する日本語の軽い本を読ませたり、「危険な関係」の映画を見せたりする。映画を見せるのは、教員にとっては楽なので、疲れている時などそれでお茶を濁す。だが学生のほうは映画を観ているほうが面白いから（もちろん字幕つきだ）、教員も楽で学生も楽しみ、教務課の覚えもいい、ただ教員にだけどんよりと罪悪感と不全感が残る……かというと、そうでもないのだ。やっぱり楽だし、女子学生がフランス語に手こずって泣きそうになっているのを見るより、映画を観てわあわあ感想を言っているのを見る方が楽しいのである。だいたいこんな風にして、大学教員は、研究者としては堕落し、大人としては成熟してゆくのである。

するうち、母から電話があった。例の話をすると、父は狼狽して、今のところ考えがまとまらないらしい。東京へ行って純次と話す、と言ったかと思うと、一時間後に、やはり無理だと言って頭を抱えているありさまだという。

母は、女子大で教えているから女子大生を妊娠させたりしないか心配だった、と言い、その意味では安心したが、この先も女子大で教えるならやはりそういうことが起きる可能性があるから、共学のほうへ勤めを変えられないか、と言う。フランス文学は就職が難しいのだからそんなことは簡単にはできないし、共学校にも女子はいる、男子大学というのはないから、と言うと、防衛大学校は、と言う。皇室の人に頼んで防衛大にしてもらえないかと言うのだが、宮内庁と防衛省は別に関係ないのである。また防大にも女子はいる。まあ男子が多いといえば工業大学あたりだろうが、どのみちこの大学で、純次が気をひかれるような女子というのはまあ、いない。レベルが低すぎて相手にならないのである。

しかし両親も兄も、こういうケースは周囲にあるわけではないので誰かに相談するわけにもいかず、ただおろおろしているというのが実態のようだった。とりあえず、六月あたりに、両親と兄のうち二人くらいが、雍子さんに会ってみる、ということにして、話を収めた。

だがその前に、純次のほうが、雍子の両親、つまり松浦宮ご夫妻というのに会わなければならない。それを考えると、足もとからぞわぞわと恐怖がはいあがってくる。結婚した友人に聞いても、結婚相手の親に会うのは難儀で、特に父親は、娘を奪られるという目でこっちを見ているから恐ろしい、良家の娘ほどそうだと言う。

しかし雍子によると、皇族はさまざまなことがらを「私」を離れて考えるのに慣れているので、かえってそういうことはなく、実務的に運ばれるだろうとのことだった。

「そ、そう？……」

と、タバコを喫いながら答える純次の口調は、しかし震えている。タバコは喫えるのかなと訊くと、食事の前はダメだけれどあとならいい、とのことだった。

「どうせなら、恩賜の煙草でも喫いたいところだ…」

と純次が軽口のつもりながら、こわごわ言うと、

「欲しいならまだあるからもらってきてあげるけど」

と言われて、なおさら怖くなった。

日どりは六月の第二日曜に、赤坂の自宅へ行くということになり、服装は普通の背広でいいということだった。宮内庁差し回しの車―ベンツが迎えに行くとのことだった。

純次は雍子にマンションへ来てもらって、どういう話題が無難か、事前準備をした。政治、宗教の話はなしで、バルザックとかフランス文学の話がいいだろう、ということはすぐ決まった。

「父殿下は、文学のほうは」

「大して興味ないでしょうね。趣味といったら釣りかしら」

「釣りね……」

そのあと五月の末に、フランス文学会が学習院大学で開かれたので、純次も出かけたが、何しろ皇族の多くが行き雍子の母校でもあるから、やや緊張した。入口にこの大学らしく門衛が立っているのだが、中は普通の大学である。土曜日なので、学生の姿はほとんどない。

その日、バルザックについて発表した小西・G大教授と懇親会で会ったので話していると、学会の会長である鏡田先生の論文の話になった。菊池寛の『真珠夫人』の冒頭部分が、バルザックの短編小説からモティーフを借りているという論文で、

「ああいうのは鏡田先生の独擅場《どくせんじょう》だな」

「前にも花袋の『蒲団』がゾラの『制作』からとったというのを書いていましたね」

「そうそう」

と話していると、後ろからその鏡田先生が顔を出して、

「なんやわしの悪口か」

と笑顔で言った。鏡田先生は浪速大の教授を定年になって西宮の黒門町大学教授になり、最近まで学長をしていた、やり手の関西人だった。

純次が挨拶して、『真珠夫人』の論文の話をすると、鏡田教授はにたにたしながら、

「まあ、それもええけど、いま話題なんは『伯爵夫人』やないか」

『伯爵夫人』は、東大総長で評論家としても名高い蓮實重彥が書いた長編小説で、その月、三島由紀夫賞をとり、受賞記者会見で蓮實氏が終始、不愛想で高圧的な態度だったので話題になっていた。蓮實氏は八十歳で、鏡田先生は確か七十二くらいだった。

純次が入学したころが、蓮實氏が総長を辞めたころだから、大学での接点はなかった。鏡田先生は、

「蓮實さんもやるなあ。どや、君もなんか小説書いたらえんちゃうか。論文書いてるより世間の受けはええで」

「いやあ……」

鏡田先生の軽口はいつもこんな感じで、小西先生が脇で苦笑していた。

「伯爵夫人なんて、今の日本にいませんからねえ」

「せやな、けど皇族女子ならおるで」

と鏡田先生が言ったから、純次はどきんとして顔が青くなった。

「A宮の女性たちは人気があるみたいですね」

と小西先生が答え、せやな、と鏡田先生が答えた。純次はそうっとその場を離れた。

学会というのは通常土・日に開かれるが、翌日曜は休んでしまった。

だから翌日は雍子を呼び出してそんな話をした。

「学習院といえば、篠沢教授って、昔クイズ番組に出ていた人がいるでしょう」

と、雍子。

「ええ。まあ、フランス文学の業績もちゃんとある人ですよ」

二人の会話は、敬体常体が入り混じる。これはもうしょうがないだろうということになっていた。

「最近は難病を患っているみたいだけど」

「そうみたいね。でもあの人、学習院だからってんで、尊皇派みたいなエッセイ書くでしょう」

「そうだね」

「……陛下もそうだけれど、ああいう人たちって皇室では評判悪いんです」

「……ああ、ええ」

「前はああいう『右翼』の人にはなるべく国の褒章は与えないことにしていたんだけど、安倍総理はそれを変えちゃったのよね」

「そうだっけ」

「ひどいこと言う人がいるでしょう。皇太子に退位しろとか」

「いたね」

「よほど雅子さんが嫌いらしいのね。私もああいう人たちには、ちょっと激おこ」

そんな女学生言葉を雍子が使ったので、純次は笑おうとしたが、顔がこわばった。

松浦宮邸に出向く六月の第二日曜が来た。当日は朝から実に落ち着かなかったが、雍子と村井さんが気を遣って昼飯を赤坂でとり、ホテルモントレ赤坂に部屋をとってくれて、そこで背広の着つけをしてもらい、車に乗った時にはもう気疲れでへとへとになっていた。

ベンツが西門の皇宮警察の警備するところから赤坂御用地に入ったころには、眠気を催してきて、いかんと思って両側の頬をパンパン叩いたから、脇で雍子が「大丈夫？」と懸念していた。

元は江戸城だったのかと思ったら、赤坂のほうは紀州徳川家上屋敷だったという。ここには東宮御所のほかに宮家の住居が四軒建っており、それぞれ六百平方メートルくらいの敷地の建物である。「皇室アルバム」で見るような、芝生の敷地に、概して緑色の建物がいくつかあり、「あれが東宮御所よ」と雍子が北のほうの大きめな建物をさし、その向こうが白亜の迎賓館だと言う。

その正面入り口前までベンツが来て車寄せに停まるころには、純次は緊張のあまり口の中が乾ききってねばねばするのを、手に持ったエヴィアンのペットボトルから水を飲んで潤していたが、そのペットボトルが空になってしまった。

家の前には、雍子の愛犬がいて、秋田犬だとのことだったが、雍子を見てうれしそうな顔つきをしていた。食事の前だからあまり犬には構わなかった。犬の名前は、秋田だから「出羽守」が正式で、「デワ」と呼んでいる。いっぺん動物病院へ行った時は、動物は飼い主の姓をつけてカルテを作るのだが、雍子には姓はないので、代用として「松浦出羽守」としたから、江戸時代の大名みたいになってしまったという。

松浦宮殿下ご夫妻が出迎えてくれて挨拶したはずだが、もうそのへんは頭がぼうっとなっていて記憶していない。雍子はいったん奥へ入り、着替えて出てきたが、クリーム色のノーカラーのジャケットに、同色のスカートで、真珠のネックレスをして、左胸にリボン型のブローチを付けていた。高貴な感じがした。

なに料理がいいかと訊かれて、本当は中華が好きなのだが、フランス文学者だからフランス料理にしておかないと恥ずかしいかなと思い、フレンチを頼んでおいた。食卓へついてから、殿下から、バルザックをやっているそうですね、と訊かれたのは覚えている。

「私も『谷間の百合』は読みましたわ」

と妃殿下が言われた。すると雍子が、

「お母さま、『谷間の百合』はバルザックの作品としては例外的なきれいごとなんですのよ」

「そうだったんですか」

純次は、頷いていいのかためらった。すかさず殿下が、

「私はフランス文学では、大学で読んだフィリップというのが好きなんです」

と言った。純次が、ああフィリップは好きな人が意外に多いですね、と言うと、

「わたし、『ビュビュ・ド・モンパルナス』が好きです」

と雍子が言う。ビュビュ・ド・モンパルナスはやくざ者だが女たらしで、そのビュビュに惚れてしまった女が悲劇に出会う話である。ところが妃殿下が、

「それならわたくしも読みましたわ。ドリトル先生みたいな人のこっけいな冒険でしょう」

と言うから、雍子が、「それではないみたい…」と言うと、純次は、

「すみません、それはドーデの『タルタラン・ド・タラスコン』ではないでしょうか」

と助け船を出した。あらっ、そうだったかしら、と妃殿下が言う。殿下が「はっはっは、さすがフランス文学は専門だね」と言って場を収めた。

前菜には「白アスパラガスのポロネーズでございます。テリーヌ詰めプティシューを添えてございます」というのが出た。

「ポロネーゼ?」

と純次が訊くと、

「違うわ。ポロネーズ」

と訂正された。そのあと、「アーティチョークとマッシュルームのポタージュスープ」が出たが、どうも純次には苦くて、普通のコーンポタージュがいい、と思った。フランスへ留学していたといっても、こういう高級料理を食べる機会はなく、なかなか難儀だった。続いて、「天使海老のソース・ヴァンブラン」という魚料理が出た。

「天使海老は、ニューカレドニアで採れる海老でございます」

と配膳係が言ったが、係が行ってしまったあとで、

「本当はヌーヴェルカレドニーだとか思いませんでした?」

と雍子が訊いた。まあ、確かにちょっとは思った。

「フランス領なのに英語で呼ばれているのよ」

と雍子は両親に説明した。アフリカのコートディヴォワールなんて、アイヴォリーコーストとか象牙海岸とか言われていたのを、わざわざフランス語で言うように要請してきたの、と雍子が続けた。

宮様は、

「ほう、昔は象牙海岸共和国とか言っていたもんだがね。自分の国がそう呼ばれるのは嫌だろうが、フランス語ならいいというんだね」

と言った。

「やはり英語というと、奴隷を輸入したアメリカを想起するからじゃないかしら」

純次がうなずいた。しかし海老の殻を剥くのには往生したが、皇室の人たちは海老を剥くのに慣れているのか、みなすらすらとためらいなく剥いていた。

そのあとで、レモンのソルベ（シャーベット）が出たから、これがデザートで終わりなんだな、と純次は思った。するとその内心を察知したか、雍子が、

「福鎌さま、これは魚の口直しでございまして、最後のデザートではないのですよ」

と助け船を出してくれた。母宮は、

「これ雍子、福鎌さまはそんなことはご存じですよ」

と注意したので、純次は正直に、

「いえ、分かっていませんでした」

と言ったから、一座に笑いが起きた。

果たしてそのあと、「牛フィレ肉のステーキ　ソース・ボルドレーズ、人参とインゲンのグラッセを添えて」というのが出てきた。皇室の料理はレアというのはなくて、火が完全に通ったウェルダンである。

「ということは、皇室の方は寿司とか刺身は食べられないのですか？」

純次が訊くと、

「極力避けることになっております」

と宮様が答えた。

「フグなんかは絶対だめですね」

と雍子がつけ足した。

このあとデザートが出た。配膳の人は「とちおとめ苺のババロアでございます」と言った。

「最初は、りんごのババロアの予定だったのだけれど」

と、宮様が言う。

「福鎌さんは栃木の人なのでぜひとちおとめを、という雍子の要望で」

と言うので、純次はまた恐縮してしまった。

デザートをおいしくいただいて食事が済むと、妃殿下が、

「福鎌さんは喫煙室へ行ってらしたら」

と言うので、雍子の案内で喫煙室へ行った。

「今では恩賜のお菓子になっちゃったんだけど、残っていたから」

と雍子が言うのは、恩賜の煙草三箱が置いてあったのである。その場で袱紗に包んでくれて、純次はいただいて、それからちょっとだけということで、雍子の部屋へ入れてもらった。

他人の部屋へ入るとやはり本棚が気になる。中には本棚などない、というような人もいるが、多量の本があると興奮するのは抑えられない。あまりじろじろ見てはいけないのかもしれないが、つい見耽るものだ。

雍子の部屋は、八畳の広さだったか、両側の壁がつくりつけの本棚になっており、ぎっしり辞典類や全集本が詰まっていた。正面に机があり、脇にはパソコン台があって、ほかに書棚が三台はあるだろうか。

「大学の研究室みたいだね」

純次が言うと、

「いえ、私が見た研究室はもっと大きくてもっと乱雑でした」

と雍子が答えた。その言い方がおかしかったので、純次はこの家に入ってから初めて、ふっと笑いが漏れたが、すぐにゲラゲラと哄笑してしまった。

「そんなにおかしかった……？」

純次は、

「いや、たぶん緊張していたんで、それが緩和されて……」

と説明した。

「緊張と緩和ね。枝雀の」

「まあ、大学の研究室の本って、研究費で買ったのは、辞める時には置いてかなきゃならないから、定年で辞めるにしても大学を移るにしても、ホントに必要なものは自分で買わないとダメなんだけど」

「ああ、そうなのね」

と雍子はちょっと寂しげな顔をしたが、

「この本は全部持っていけるから」

と言った。

「国の財産はないの？」

「ありません」

「すると、これだけの本が入る場所に住まないといけない」

「ああ、それは、国の補助を受けることになるかも……」

その話はあとにしようと思い、純次は「本棚、見ていい?」と訊いて、立ったり座ったりしながら見始めた。『徳田秋聲全集』が全巻揃っているのは予想通りだが、外国文学の翻訳もけっこうあり、ゾラの「ルーゴン＝マッカール叢書」が全部あるらしいのに驚いた。純次がそのことを言うと、

「最初から順番に読んでいるところなの。ちょうど『居酒屋』が終わったところで、あと少ししたら『愛の一ページ』にかかる予定。

「ルーゴン＝マッカール叢書」は、ほぼゾラの全小説と言ってよく、それぞれの登場人物がルーゴン＝マッカール家の一員ということになっており、ただし別々に読んでもさしつかえない。

純次は、

「ルーゴン＝マッカールだってクズはあるでしょう。何も全部読まなくても」

と言ったが、雍子は読み通すつもりらしい。そういうところはよく言えば意志強固、悪く言えば頑固だった。

「僕は『ジェルミナール』が好きだな」

「それはまだ先ね。五つくらいかな、あと」

「ジェラール・ドパルデューが主演している映画が良かったなあ」

「映画は存じませんが、読むのが楽しみです」

純次は、ちょっと憮然とした。「存じません」が何だか突き放したように聞こえたからで、こういう時は「それじゃ一緒に観ましょう」などと言うものではないか。DVDだってあるんだし。

それに、雍子はどうも映画となると通俗的なものを観たがる傾向があって、「ローグ・ワン」が観たいと言われた時は純次はけっこうぎょっとして、幻滅しかけたくらいだった。もちろん、小説を読む前に映画を観て筋が分かってしまうのは嫌だというのは分かるが、それなら、読んだあとで観る、とでも言えば良さそうなものだ。それとも、映画は娯楽、文学は藝術、という風に分けて考えているのだろうか。訊いてしまえばいいのだが、どうも映画の話になると雍子には話題にしづらい雰囲気というのが醸し出される。

ついで雍子は、徳田秋聲研究のノートを見せてくれた。パソコンにも入っているが、紙にも残しているのだという。中に、翻案作品に関するものがあった。

「これは、君が調べたの？」

「ええ」

「秋聲研究家が気付いていないってこと？」

「そうです」

「どうやって調べたの？」

「特徴的な単語の組み合わせを、英語とかフランス語とかロシア語で、検索かけるんです」

「それで見つかるの⁉」

「時間かかりますよ。一年かけて見つけた時は嬉しかったです」

純次はたまげてしまった。

「それなら、学会とかで発表しないと」

「秋聲学会ってのはないし…」

「近代文学会とか、いや、論文として投稿しても……」

「まあ、機会があったら……。愉しみでやってることなんで」

こういうところはやはり浮世離れしているなあ、と純次は改めて感嘆した。

帰りは一人で、またベンツで送ってくれるというのだが、自宅までというのは勘弁してもらい、明治神宮前の駅で降ろしてもらうことにした。車を降りて、ようやく純次はネクタイを緩めることができ、ものかげに隠れてマルボロライトに火をつけた。最近はどこも喫煙禁止だから、隠れて喫うのが一番である。

ふらふらと自宅へ帰りついた純次は、緊張からくる疲労のため、背広姿のままベッドに倒れ込み、なぜか昭和天皇が「そういう文学方面のことは分かりませんので」と言っている前で憲兵に連行され、泣き叫ぶ雍子がフランス人の憲兵に取り押さえられている前で、ロベスピエールによって断頭台に架けられる悪夢をみた。

悪夢から目覚めて時計を見ると、夜中の二時だった。携帯電話に雍子からの着信があったので、メールを見ると「疲れて寝ているんでしょうね。ゆっくりお休みくださ い」というのが来ていて、現実に引き戻された。

ネクタイだけは外していたが、それでやっと背広を脱いでパジャマに着替え、冷蔵庫からペリエのボトルを持ってくるとごくごくと飲み干し、机の前に座ってマルボロライトに火を点けた。

机の上には、雍子の影響で読み始めた野口冨士男の『徳田秋聲伝』に栞がはさまれて置いてあった。

今度は宇都宮からくる両親に雍子を会わせる番だが、どこがいいだろう。帝国ホテル？　あるいは、東京ステーションホテルか。江藤淳と蓮實重彦が対談した場所だ。雍子のに比べたらひたすら雑然とした書棚を探すと、その対談本『オールド・ファッション』が見つかったので、机の前に座って拾い読みしていたが、すぐまたベッドに入ってまた寝てしまった。

翌朝はっと目が覚めると、まず雍子に簡単にメールをしておいて、パンの朝食をとってから、ふと気づいてカバンの中から「恩賜の煙草」をとりだした。袱紗を解く手が震えた。出てきたのはしかし、何の変哲もない、ただ菊花の紋章がついているだけの煙草だった。火をつけて喫ってみると、ハイライトかな？　と思った。

その日は休みだったので、午後に雍子が来て、両親との会見について相談することになっていた。

昨年の秋は、安保法制とかで、反対する学者の会などが盛り上がっていた。文学研究者でも、近代日本文学やアメリカ文学の人が賛同署名したりしていたが、フランス文学者では、一部参加する人がいたが、多くは無関心で、純次も関係はしなかった。

だいたい、ああいうことをすると「朝日新聞」や岩波書店の受けのいい学者になったりするものだが、純次はそういうことにも興味がなかった。フランス文学者の世界は、そういうことで覇権闘争をするには斜陽産業でありすぎた。

純次は、料理をしないことはないのだが、一人分の食事を作るのはコスパが悪く、カレーを作れば三食カレーみたいになってしまうので、外食や弁当、ご飯に惣菜などの組み合わせで生きていた。その昼はコンビニで買った焼きそばを温めて食べ、いま授業でやっている『レ・ミゼラブル』の下調べを始めた。といっても、純次が教える大学では、フランス語で読んで本格的な議論をするのは無理なので、子供向けに『ああ無情』などとして書かれたリライトものを、挿絵などを含めて比較するというのをやっていた。

そのうち、雍子がやってきた。二人は玄関口で抱擁とディープキスを交わしたが、純次はそのままベッドへ連れ込もうとした。昨日の疲れが、性的な興奮になっていたのだ。

雍子は、「シャワーを浴びたいんだけど……」とつぶやいたが、純次が構わなかったのでそのままベッドへ直行した。

ことが果ててから、二人は服を着て、会見の場所について、パソコン画面を見ながら相談し始めた。

「やはり個室がいいですね。料金はうちで出しますから、お願いします」

と雍子が言うので、ホテルで一定時間部屋を貸すのを探すことにした。もっともホテルによっては、デイユースという、ラブホテルでいう「休憩」を高級にしたものになっているところもあった。

「やっぱり帝国ホテルがいいのかな」

「そうですね、奇を衒わないで……」

ということで、帝国ホテルの一室を借りることになった。

「そういえば、福鎌って姓は、松平の流れを汲んでいる、って書いてあったけれど」

「うーん、それは時々聞かれるけれど、うちは江戸時代以来の農民らしいんだよね」

「じゃあ、分家の分家とか」

「どうかなあ」

「いいんじゃない、松平の流れを汲む姓だが、とか言って、本人は否定する、ということにしておいたら」

「そうねえ……」

「どうせ誰かが言いだすわよ。それで否定しても、何かあるんだろうな、と世間は思って、安心するから、それでいいのよ」

「ふむ……」

ふと純次は、

「村井さんは、また外に？」

「ええ。近所の人に不審がられたりはしないわ。テクニックがあるし……」

「いや、もう、上がってもらってもいいんじゃない？」

「そうね……」

そう言って雍子はスマホを取り出した。スマホにも菊花の紋章がついているかと思ったが、それはなく、ラスカルのストラップがついていた。

「ええ…、純次さんが。…そうねえ、あまり彼の時間をとってもまずいし、今日は四時ころには。あ、そうですか」

スマホを切って、

「あまりお邪魔したくないので外にいるそうです」

と言う。

「そういえば、村井さんって、結婚しかけたことがあったんだけど……」

「ポシャったってこと？」

「ええ、それはよく知らないんですけれど、脇から聞いた話だと、相手の人が、そういう仕事をしていて、それに守秘義務があるというのが嫌だ、という話で……」

「つまり、仕事の中身について、夫に話せないということね？」

「そうなんです。別にどんな仕事だってある程度の守秘義務はあるかと思うんですけれど、皇室関係のことを妻が知っていて話せないかと思うと、それが、って」

「うーん」

純次は考え込んだ。大学の教員にも守秘義務はあるが、こんな学生がいた、ということを、名前を出さずに言う分には、内容がひどくなければ問題にはならないだろう。逆に、大学教員の公共性というのも確定していない。筆名で活動している人が大学教員になっても、実名を明らかにしなくていいのか、といった問題はある。法的に問題がなくても、むやみと明かしてはならないことというのもある。

「今なら、まだ引き返せるわよ」

雍子が突然言った。純次は、正直言って動揺した。

純次は、雍子が最近気に入り始めていた。ちょっとほかでは見当たらない女性だと思い、いくらか結婚を楽しみにしていた。問題は、世間の人が考えるような激しい情熱がないことだが、純次は、そんなものを夢想するのは精神年齢二十代で終わりだと思っていたし、さらに雍子がそんなものを純次に期待していないことが好もしかった。月経前にヒステリックになる女というのがいるが、雍子にはそれもなかった。こういうことは口に出しては言えないが、重要なことだと純次は思っていた。

純次は返答する代わりに、手を伸ばして雍子を引き寄せると抱きしめて口を吸った。するとまたむらむらしてきて、ベッドへ連れ込んでしまった。

「村井さんが来なかったのは正解だったな…」

純次はつぶやいた。

大学教師には、六月はひどく長く感じられる。四月以来の疲れがたまった上に、梅雨でじめじめして汗をかくし、休日もない。

しかし学生はおおむね元気である。「せんせー」と言って駆け寄ってきたのは、三年生の木村珠里である。見た目はかわいい。しかし頭はからっぽに近い。

「せんせ、ライン教えて」

と言う。ラインというのは、スマホを使っての通信手段だが、複数人が同時に見ることができる。

「いや、ラインは持ってないんだ」

「マジ⁉」

「メルアドなら配布資料に書いてあるよ」

「ムリムリムリムリ、先生とメールなんかできないよ、ラインでなきゃ」

まあ、女子学生と男性教員が一対一でやりとりするのは不穏当でもあり、ラインで友達と内容を共有しながら会話するのしかできないというのは穏当な考え方である。しかし、いま純次は、こういう女子学生と自分との距離が前より大きくなりつつあるのを感じていた。


それから一週間後、ガチガチに緊張した父はモーニング姿で、母は和服で、東京駅に降り立った。背広でいい、と言ったのだが、どうせあとで披露宴とか晩餐会で着るのだからと新調したモーニングを体に慣らすのだと言っていた。

宮内庁差し回しのベンツで帝国ホテルへ回ったが、雍子と対面した父は、危うくその場にひざまずきそうな感じだったから、純次はモーニングの裾を押さえて、そんなことをしないようにした。

食事をとるのではなく、お菓子とコーヒーなどの飲み物が出ただけで、あまり話すことがなかった。というより、両親のほうは本心は不安でたまらないのだから、それを出さないように懸命だったと言うべきだろう。

突如、父が、

「私は『七人の侍』が好きなんですが、雍子さんはどんな映画がお好きですか」

と訊いた。純次が、唐突だなあ、と思っていると、雍子は、

「私も『七人の侍』は好きですが、黒澤で言うと『どですかでん』と『デルス・ウザーラ』がいいと思います」

と答えた。父は、「どですかでん」を知らず、かつ聞き取れなかったらしく、

「で、でです?……」

と言ったまま絶句してしまったので、純次が、

「ど・で・す・か・でん。山本周五郎原作の現代もので……」

と教えた。中身について話すと父をおいてきぼりにするので、雍子とは目くばせをして済ませた。雍子は、

「アメリカあたりでは、黒澤の活劇のことを「ヌードル・ウェスタン」って言ってバカにする人がいるんですよ」

と言った。

「ヌードル？」

と父が訊き返すと、

「うどんです。マカロニ・ウェスタンというのがあるでしょう。あれはイタリア製のウェスタンを揶揄して言ってるんですけど、日本のはだからヌードル」

父は少し考えて、

「つまり黒澤がアメリカのウェスタンをマネしたと…？」

「そうです」

「そうかなあ。『荒野の七人』が『七人の侍』のマネなのは知ってるし、『スター・ウォーズ』のロボット二人組が『隠し砦の三悪人』からとったのは知っているけど…」

『用心棒』はハメットの小説に影響されてるみたいね」

と純次が口を出した。父はまだ頭が整理しきれず、

「てことは…アメリカの影響を受けて時代劇チャンバラが成立したってことか？」

「そういうことです。岡本綺堂の『半七捕物帳』はシャーロック・ホームズの影響でできたんですが、山本周五郎もかなりアメリカ映画の影響を受けて書いています」

純次が、

「半七の話は有名ですね」

と助け船を出したが、父は、うーんと言って考え込んでいた。もっともそれで、父のはじめの緊張はほぐれたようだった。

会見が済むと、雍子は差し回しの車で帰っていき、あとは親子水入らずでということで、両親がその晩泊ることになっている部屋へ三人で下がった。父はビールを飲んで緊張をほぐしていたが、

「気さくで面白い人だな」

とぽつりと言った。母は、

「頭のいい方のようですね」

とだけ言った。

順番としては、秋に婚約をしてそれを公表し、来年の初春に結婚式、という手順に決まっていったのは、松浦宮家、天皇皇后、宮内庁との協議の末だったが、七月になって事件が起きた。

天皇が退位の意向を示したのだ。ニュースを見た純次は、天皇が上皇になるとか、前近代ではよくあることだし、ああ、ご高齢だしなあ、と思ったのだが、数日たつうちに、ことはそう簡単ではないことが分かってきた。まずいきなり宮内庁が、そういうことは事実ではない、と言い、だが数日すると、やはりそうだということになったが、宮内庁は別に釈明もせず、詫びもなかった。

「陛下は直接お気持ちをマスコミに漏らしたりしてはいけないことになっているの。宮内庁を通してでないと」

雍子に説明されて、そうか、と思い、窮屈な話だなあと思ったが、否定しておいてそれっきりというのはおかしいのではないか。

「でも園遊会とかで言うことはそのまま伝えられてるよね」

「あれはいいらしいわよ」

「ふーん……。君らはいいの？」

「天皇陛下以外はいいらしいわ。まあ、監視つきみたいなもんだけれど」

だが、それですぐ退位というわけにはいかなかった。今の憲法には、天皇の退位の定めがないのである。マスコミは「生前退位」という奇妙な言葉を使っていた。ネット上では、その言い方はおかしい、と言う人もいた。それはそうである。生きているから退位するのだ。そういえば病院では、患者が死んだ時に「退院」という言葉を使うそうで、父親が死んだのをそう言われて怒っていた友人がいたが、それに近いものを純次は感じた。雍子も悲憤慷慨していて、「死後退位なんてないでしょう」と言い、皇室でもみな怒っていると言っていた。

そのうち、天皇ご自身がテレビで国民に語り掛けるという異常事態に発展した。純次は一人でその放送を観ていたが、「葬儀に莫大な費用をかけ」るといったことを否定しているところを聞いて、

（もしやこの人は天皇制廃止論を語っているのでは）

と思った。上皇になったとしても、葬儀はやはり莫大な費用がかけられるだろうからだ。

ちょっとこの状況では、婚約しても発表は先延ばししなければならないだろう、という話になってきた。マスコミは相変わらず、一部を除いて「生前退位」という言葉を使っていた。

その夏、純次は、フランスのリヨンで開かれる国際谷崎潤一郎学会に出席することになっていた。谷崎の、未完に終わった長編『鮫人《こうじん》』は、バルザックを意識して書かれたものだから、通訳を兼ねて参加してほしいと昨年から頼まれていたのだ。

雍子も同行したいと言うので、関係者に相談して、内密に同行することになり、二人で一週間、フランスへ行ってきた。今の飛行機は全部禁煙だから、成田空港の喫煙所で純次が「喫いだめ」していると、雍子がやってきた。

「プリンセス、喫煙所へ」

と純次が小さな声で言うと、

「やめてよ」

と雍子は小声で言って笑った。それからエールフランス機に乗り込み、パリで乗り換えてリヨンのサン＝テグジュペリ国際空港まで飛んだ。サン＝テグジュペリはリヨンの出身なのである。

純次は、雍子のフランス語がけっこうできるのに驚き、雍子は、純次のフランス語が思ったほどでないなと感じた。

英米、カナダなどからの参加者もいて、彼らは日本近代文学の研究者だった。こういう国際会議は交流のために行われるので、学問的に新しい論点や指摘が出ることはあまりない。会議が終わると二人はパリへ飛んで、前に純次が下宿していたあたりを案内して回ったりした。

「フランスには、女神の象徴がいるのよね」

「ああ、……マリアンヌ」

ニューヨークの自由の女神はこれをかたどったもので、米国独立百周年にフランス共和国が寄贈したものである。

「象徴が人間である必要はないのよね……」

純次は、雍子の横顔を見た。

「『宇垣一成《かずしげ》に大命は降下した』って知ってるでしょう」

「日本史の教科書とかによく出てくるね。広田弘毅内閣のあと、首相に指名されたのに軍部の反対で組閣できなかったという……」

「そう。でも不思議なのは、あそこだけ『大命が降下』って表現が使われていたの」

「そうか。そうだね」

「明治憲法では、どの首相にも大命は降下しているのに、あそこだけ『大命が降下した』なのよ。つまり天皇は無力だということを示すかのように」

「ふむ……」

「戦前は国の実権者だったのに無力だった、戦後は人間じゃないから無力。いつでも無力だったわけよ」

「うん……」

帰国後の最初の授業では、授業時間の半分くらいをフランス土産ばなしに費やした。中でいちばん反応が良かったのは、サン＝テグジュペリ国際空港の名前だった。

雍子から、九月に両国国技館で開かれる大相撲の秋場所に行こう、と言ってきた。十三日目の枡席のチケットがあるのだと言う。

純次は相撲は好きなほうだったが、テレビ中継もあるし、枡席は映ったりするから、大丈夫？　と訊くと、

「まあ、サングラスでもしていくけど、あたし程度なら見つかっても大丈夫だし、

見つからないです」

と言った。

結局、村井さんと三人で行くことになったが、雍子は相撲のことはろくに知らないらしく、純次が持って行った双眼鏡を使いながらいろいろ聞いてきた。

「あらっ、あのお相撲さん、顔がいいわ」

と言うから、遠藤のことかと思ったら、対戦相手の松鳳山《しょうほうざん》のことだったから、純次は驚いた。松鳳山は鬼みたいな顔なのである。

「え、遠藤のほうでしょ?」

と確認したのだが、松鳳山だと言う。

「仁王さまみたいじゃない?」

と言うのだが、いや金剛力士像は顔はもっと良かったと思うが……。

雍子ってもしやしてブ男好き？　と純次はやや憮然とした。

返事に困った純次が、

「へえぇ……。師匠の二所ノ関親方はハンサムってことになってたけど……」

と言うと、それまで黙って純次の困惑を見ていた村井さんが、

「師匠って若嶋津で、高田みづえと結婚したんです」

と雍子に言った。

「高田みづえ？」

「昔のアイドル歌手です。『私はピアノ』っていう……」

と、村井さんが最初のところを歌ってみせたら、「あ、その歌は聴いたことある」

と雍子は言った。

結局遠藤が勝って松鳳山は負け、遠藤は二敗で全勝の大関・豪栄道を追っていたので、その日の豪栄道の優勝はなかったが、翌日勝ってカド番での優勝を決めた。もっとも純次は、雍子が松鳳山がいい顔だと言ったことのほうが気になっていた。

純次は翌週大学へ行ったが、研究室は別の建物なので、間の休み時間は非常勤講師もいる講師控室でコーヒーを飲んでいた。すると、見知らぬ男がやってきた。四十がらみの、割と整った顔だちの男だから、非常勤で来ている先生かと思ったら、名刺を出した。そこには「週刊ラクレ　デスク　岩室達史」とあった。

やっぱり国技館で見つける人がいたな、と純次は思ったが、平静を装い、ここでは何だからと言って一緒に外へ出た。そして死角になる場所へ連れて行くと、マルボロライトに火をつけた。

「あのう、松浦宮の雍子さまとおつきあいしているという噂を聞きつけまして」

純次は、不快そうな顔をしないようにして、

「記事にするんですか」

と訊いた。岩室は、

「いえ、申しわけないんですが、スクープするほどのニュースヴァリューはありません。ただ、婚約といったことになればニュースにはなりますし、それまでお二人の航路を見守って何か書けたらと思っているだけです」

「……つまりそれで私の話を聞きたいという……」

「もちろん、雍子さまのお話もお伺いしたいです」

ここまで来て、ああ、肯定してしまったんだ、否定する手もあったんだと純次は気づいたが、なりゆき上こんなことになってしまったのは、『週刊ラクレ』というのがあまり下品な週刊誌ではなく、岩室が、パパラッチ風の下司な顔だちをしていなかったからだ。

「それは雍子さんと相談してからでないと」

「ごもっともです」

純次は名刺を渡し、

「一週間ほどしたらこちらのメルアドにお願いします」

と言った。

「了解いたしました」

岩室は去っていったが、どうも相手が皇室関係となると何か物腰がこうなるな、と純次は思い、講師控室へ戻った。

ところが、夕方になって雍子からメールが届き、体調が悪いので宮内庁病院で診察したら腎盂炎の疑いがあり、明日慶応病院で精密検査をして、場合によってはそのまま入院するとのことだった。

純次は驚いて、電話していいかとメールすると、していいと返事があったので、折り返し電話した。家で寝ているそうで、やはり辛《つら》そうだった。

そう気軽に、慶応病院へついていくというわけには行かないので、心配して待っていると、やはり腎盂炎で入院するというメールが来た。

二日後の昼過ぎ、純次はドライフラワーを持って見舞いに行った。病室はさすがに一人部屋で、入ると村井さんが座っていた。

皇族は健康保険に入れないので、医療費は十割負担である。「人間扱いじゃないからね」と雍子は言っていた。

村井さんは、気を利かして席をはずした。

顔色は悪かったが、特に病気が重い感じではなかった。

「あのね、最近、性行為はしましたか、なんて聞かれたわよ」

と雍子は言った。純次は少し赤くなった。

「性行為の相手も調べましょうか、って訊いたら、それは結構です、って」

もしそれがフランスにいたらどうなるのだろう、と純次はあらぬことを考えた。

「いきなり下血、じゃあない、血尿が出たんで驚いたわ。はじめ時季外れの生理かと思ったんだけど……。すぐ純次を呼びたい気分になったんだけど、それはできないから……」

「純次」と呼び捨てにされたのは初めてだった。それまでは「純次さん」だったのだ。自分はこの人を「雍子」と呼び捨てにできるだろうか、と純次は考えた。

「……前の天皇陛下がご病気の時、下血しただの血圧だの、毎日新聞に発表されていたでしょう」

「ああ……」

当時十歳だった純次は、それを覚えているが、雍子は四歳くらいだったはずだ。

「あんなのねえ……。一般の人だったら大変よ。医師の守秘義務なんて、ありゃしない。人権侵害もいいところなんだけど、私たち人権ないからね」

「そういやそうだね」

「だから、必要ないからやられないだけで、仮に『雍子さまが血尿が出た』って報道されても、裁判所に持ち込めないの」

「ふう……」

一週間か十日で退院できる見込みだったが、腸炎などを併発して、入院は長引いた。純次は授業のない日は病院に顔を出し、母親の妃殿下に会うこともあった。村井さんは、

「女の人はおしっこを我慢することが多いのでなりやすいの。皇族は特にね」

と言っていた。熱が出た時など、雍子はつらがり、いらいらして純次に当たることさえあった。そういうことは我慢強い人だと思ったから純次はちょっと驚いたが、我

慢して応対した。

そんな日の夜になると、たいてい雍子からメールが来て、「今日はごめんなさいね。あのね、『秋聲全集』の二十一巻の一一二ページのコピーをとってきてほしいんだけど」などと言ってくる。秋聲全集は雍子の部屋にあるのだが、そこへ行くわけにはいかないので、純次は翌朝弦巻《つるまき》の世田谷中央図書館までタクシーを走らせてとってき、スキャンしてメール添付で雍子に送るのだった。これなら秋聲全集を自分で買ってしまおうかと思ったのだが、結婚したら持ってくるのだからと自重した。

ある晩、その日は別に雍子に当たられたわけではなかったのだが、そんな「秋聲全集」のメールが届いたのを見た純次は、突然ぽたぽたと涙をこぼし始め、とうとう号泣してしまった。なぜだかは分からない。

九月末、自宅療養していいと言われたが、自宅へ帰ると純次に会えなくなるから、一週間、退院を延期した。そこのところは、村井さんがうまく医師に話してくれた。退院した雍子が、純次の部屋へ来たのは、十月になってからだった。前より痩せていて、きれいになっていた。

「私、入院している時、結構わがままだったでしょう？」

と言うから、ううん、と純次が口を濁していると、

「押さえれば押さえることはできたんだけど、純次がもしこれで離れていくならそれもしょうがないかな、と思っていたの」

「そうか……」

「ごめんね、試したわけじゃないのよ」

「分かってる。どっちかというと、この人と結婚しなくちゃいけない、と前より思うようになったよ」

「ありがとう……」

天皇の退位については、世論調査では、認めてもいいというのが大勢をしめた。

(当人が辞めたいと言っているのに認めていいも何もないもんだ)

と純次は思ったが、憲法に退位の規定がないためややこしいことであるらしく、政府は特別立法で対処するため、有識者会議を招集した。だがその顔触れの半分くらいが「右翼」と見なされる大学名誉教授であった。

果たして、こうした右派論客の間から、退位反対論が出たらしい。東大名誉教授の室田氏は、記者団を前に、

「ご自分で（福島の被災地を訪れるとか）公務を増やしておいて、それが負担だというのは、ちょっとおかしいんじゃないかと思いますね」

と発言した。ネット上では「逆賊」といった語すらとびかったが、純次もかなり唖然とした。雍子も憤懣やるかたなく、

「しかもあの人、適応障害の人間は皇室から出すような規定を皇室典範に設けるべきだ、って言ったのよ。よっぽど皇太子妃が嫌いなのよ」

とぷんぷん怒っていた。天皇自身もひどいショックを受けていたという。

「皇室典範には、皇族を脱する規定もあるみたいだけど……」

と純次が言うと、

「それだってよほどのことがないと、出たいです、はいどうぞ、ってわけにはいかないのよ。人を殺すとか傷つけるとかでもしない限りね」

「はあ……。平安時代に人を殺すかして退位した天皇がいたよね」

「陽成天皇でしょう。だからあの人退位してから長く生きたのに、退位後の記録は全然ないの」

「ふうん……。しかし右翼の人ってのは、伝統を重んじろとか言うけど、伝統的に

は退位とか譲位なんて普通にしていたことなのにね」

「だから結局、あの人たちが伝統って言ってるのは明治以後のことでしかないわけよ」

「変な伝統だね」

だが、ネット検索をしてみると、室田教授の言うのを「正論」だなどとしている人もちらほら見えて、純次は気分が暗くなった。

（これじゃ「奴隷」だよ）

と思った。

政府としては退位を認める方向で考えていたので、もう一度穏健派の学者などを集めて有識者会議をもち、二年後の退位を決めた。

「あと二年も働かせるなんて、おかわいそう」

と雍子は言っていた。

雍子は、純次の家でパエリアを作ってあげると言い、下北沢の町で材料を買い集めて、半日かけて作ってくれた。

「うん、いい奥さんになるね」

食べながら純次が言うと、

「いえ、奥さんっていうのはこういう大物料理じゃなくて、ある素材で何を作るかが重要なのよ」

などと言ったのは、照れ隠しだったろう。

『週刊ラクレ』の岩室とは、研究室で二度ほど会った。

「……政治的意見を表明するわけにはいかないですね」

と言って岩室は笑った。

「そうですね」

「何か雍子さまの面白いエピソードはないですかね」

「まあ、それはいろいろあるんですがね……」

その一つである。

「中学生の時にね」

と雍子は昔ばなしを始めた。

「河出書房の『ゴーゴリ全集』が欲しくて、お年玉で買おうとしたの。神保町の古書店へ行ったんだけど、その時は鴇田《ときた》さんという中年女性が私についた側衛だったたから、その人がついてきてくれたんだけど、ドストエフスキーの『貧しき人々』でワルワーラが『プーシキン全集』を値切って買うのね。だから私も値切ろうと思って」

「ませた中学生だねえ。全集なの？」

「古書店主も、中学生の女の子に母親とも思えない女性がついてきて、お年玉で『ゴーゴリ全集』を買いたい、って言うから面食らっていたわよ。でも負けてくれた」

「良かったね」

この話を聞いた岩室は、

「それなら、ロシア文学が好きな女王さま、という感じでまとめましょう」

と言った。

「ただし、そこまでの早熟文学少女ぶりは書けません。こういうのは、美容院へ行って美容師とおしゃべりするような中年女性が喜ぶネタでないとダメですからね」

そう、岩室は言った。

「そういうおばさんらは、男の子を産む女が偉いと思っていて、岩波文庫を読むような女はダメだと思っていますからね」

純次は、うーんと唸った。

年末に純次が帰省する時、雍子も一緒に行きたいと言ったのだが、さすがに実家で扱いに困ると言うし、やはり結婚してからに、ということになり、純次は一人で帰省した。見送りしたいというので千代田線で北千住駅まで一緒に行った。東武線の特急で出発するのを雍子が見送り、少しするとメールが来たから、見ると雍子で、

「早く人間になりたい」

とあった。

年が明けた一月十五日に、マスコミに向けて婚約が発表された。といっても天皇直系ではないので、ニュースにはなったがそれほどの話題にはならなかった。驚いたのは、純次が大学へ行くと、同僚はさまざまに反応したのに、学生はまったく反応していなかったことである。どうやら教員の名前を覚えていないらしい。

『週刊ラクレ』には、岩室が書いた見開き二ページの記事が出たが、そこには「福鎌家は松平家の流れをくむ家柄だとも言うが、福鎌さんは『そんな話、聞いたことありません。江戸時代からの農民です』と言っている」とあった。

結婚式は三月に神式で執り行われた。式が済むと、村井さんが、新たに作られた戸籍謄本の写しを持ってきてくれた。そこに「福鎌純次・雍子」とあるのを確認して、

雍子は、

「やっと人権が手に入った」

とつぶやいたのだが、それは純次の耳にしか入らなかっただろう。

新婚旅行は、別に海外へ行かなくても良かったのだが、雍子が行きたがっていたカナダのトロントとモントリオールに行ってきた。

夏になって、雍子はようやく、宇都宮の純次の実家を訪れることができた。母が作った夕飯を食べたあと、父が車で、天の川のよく見えるところまで連れて行ってくれた。用心のために兄もついてきた。

「わあ、すごい」

車から降りると、天の川が降るようだった。純次はそっと雍子の肩に手を回した。

＊正確には先々代。

実家が怖い

二十八歳ころ、カナダへ留学していた当初、大学の寮に入れず、少し離れたベースメント・スイートに住んでいて、孤独と不如意で精神がおかしくなった時、ふと、もう要らなくなった本などを日本へ送り返すことを思い立ち、それを考えると元気が出て、それらを箱に詰め、カートに乗せてそう遠くもない郵便局まで運び、船便で送ると、精神がわりあい安定した。

それ以来、当面要らなくなった本を実家に送る、ということをずっとやってきた。帰国して大阪へ赴任してからもそうで、もちろんこれは宅配便で送っていた。送ったものは、母が箱から出して本棚に並べたりしてくれていたが、とうとう分量が多くなって、実家の台所を建て増しして、壁に作りつけの本棚を作った。だが、床などに置いてあった本を入れていくと、壁一面の本棚はほどなく満杯になった。

ついにどうしようもなくなると、本は選別して売ることになる。駅前にブックオフができたから、私が選んで玄関先に置いておくと、母が持って行って売ってくれ、私が帰宅すると代金をくれた。大阪から東京へ帰って一人暮らしを始めても、同じことが続いた。

母が死病を病んでからは、そうはいかなくなった。箱に詰めて実家に送ることはしていたが、その前に自分で選別して、自分で近くのブックオフへ売りに行くようになる。

母が死んで、数年して父を施設に入れると、もう実家へ箱を送るためには、送っておいて翌日、受け取るために行くことになった。

人が住まなくなった家というのは恐ろしいものである。メンテナンスされないから荒れるというのもあるが、父が老人ホームへ去ったあとは半ばゴミ屋敷状態で、とりあえず最初は妻がゴミはカネを使って処理してくれた。だが、三カ月くらいして行くと郵便受けがチラシや郵便物だらけになっている。母宛の旅行会社のパンフレットなどもあったから、電話をかけて死去したことを伝えてもう送らないよう言っていたが、これはある意味で私の「喪の作業」だったということが分かった。妻は門扉のところに第二の郵便箱を立てて、チラシはこちらに入れて下さいと書いたが、実際には二つの箱がチラシで一杯になり、私は両方の入口に封をした。だがあとで妻が剥がしてきて、ああいうことをしても配る人はむりやり隙間に押し込んだりして、道路へ落ちて迷惑になるんだから、と言った。

母の死後、ちょうど五年で父も死んで、はじめは実家へ行くのも妻が一緒に行ってくれた。一度は泊まったこともあったし、夕方まで内部を整理して、帰途、ファミレスで夕飯を食べたら、出てきた味噌汁がやたら旨かったということもあった。だが、そのうち、私も妻も、私の実家へ行くのがつらくなってきた。実家は都心まで一時間、私らの住んでいるところからは短く見て一時間半、長くて二時間だが、持ち主が死んで誰もいなくなった家の雰囲気というのは恐ろしい。ドアの鍵は、鍵穴もガタが来ているし、床はどんどん色があせて、中にはべこべこする箇所もあり、住んでいたら修理するのだが住んでいないから放置する。別に幽霊がいると思っているわけではないのだが、持ち主が死んで誰も住んでいない家に半年ぶりくらいに行くのは心がすさむ。

そのうち、妻は行ってくれなくなり、私一人が、二箱の宅配便を送り、その翌日出かけるということになった。玄関を入って左側の和室には仏壇があるから、無宗教の私だが、母への挨拶として線香に火をつけてチーンとやる。

怖いというのは、やはり人が死ぬということへの恐怖で、一泊すればゴミの処理などもできるのだが、実家へ行くと心身ともにぐったりと疲れて、はうように帰宅して、泥のように寝るのであった。

母は生前、実家の家と土地は売るなよ、と言っていたのだが、母の言っていた意味は、万が一の時に売れるということなのだろう。だが土地の評価額は恐らく母が想像していたより低く、ガスは止めたけれど電気代と水道代は払っており、固定資産税もかかってくるから、私としては処分したい。だがそのためには実家にある私の本その他を置く場所が必要になる。だから今住んでいるところの近くに一戸建てを買う、ということを考えたのだが、私も妻も借金が嫌いだから、ローンは組みたくない。そこで、あの文学賞をとればそれまでの貯金とあわせてまあ何とか一戸建てが買えるだろうと思ったのだが、とれなかった。

マンションでは、私の本その他（DVDなど）がどんどんたまるから、もう四の五の言ってはいられない。以前のように、いったん実家へ送ってそれから売るなどということはしていられないから、近所の図書館に置いてあるものや、寄贈された本で要らないもの、面白かったが二度は使わないだろうといった本はどんどん売ることにした。自分が寄贈した本を売った、と言って怒っていた人もいるが、しょうがないのである。

だから、実家へ送るのは、当面要らないが売るわけにはいかないといったものになる。それでも、ヤマト運輸の「12」という手頃な大きさの箱二つが一杯になるのには、早くて三カ月で、そのたびに私は荷造りをして発送し、翌日実家へ行かなければならない。

誰がいるわけでもない、往復の電車賃は千五百円くらいかかる、単に行って荷物を受け取って帰るだけというのは、水をバケツで運んでまた戻すのに近いくらい虚しい。

さらに厄介なのは、庭の植木で、ナラの木やスズランとかその他がわっさり植わっていて、それがやたらと伸びて繁茂し、隣の家から苦情が出て、業者に頼んで伐採してもらったのだが、植物の勢いは恐ろしく、一年半もするとまた伸びて苦情が出るから、とうとう根本から切ってもらった。

父の死から四年がたったころ、世間でも空き家が問題化していた。私は二月に、実家の近くにある空き家管理をしている小さな会社を見つけて、管理を頼んだ。その男は杉並の私のマンションまで来たのだが、妻を娘だと思ったようで、年齢を訊いたら妻より一つ年下だった。

私はとりあえず、ブックオフへ売るために選別した本を一階のテーブルの上に置いておいたので、それを売ってもらうことと、ゴミを処分してもらうこと、郵便受けに入っているチラシ類の処理を頼んだ。

その人が来た数日後、私はネットで近所のマンション物件の検索をしていて、売りマンションで二千万円台のものが出ていて、それがごく近所であることに気付いた。それまでは、何とか売れる本を出して一戸建てを建てようと考えていたのが、どうも無理らしいと考え、いまの住居とは別に古い一戸建てかマンションを買ってそこへ実家の本を移すということを考え始めていたのである。二千万円台なら現金で買えるし、残った預金もまあまある。そこで、不動産会社に連絡したら、三月五日に中を見せてくれると言う。そこで妻と一緒に見に行ったが、三階なのにエレベーターがなかった。隣が畳屋で、交差点の向かいにはコンビニもあり、三十代くらいで一人ないし夫婦で住むにはいい物件だろうと思った。もっとも私はそのコンビニから帰る途中、左手から自転車で飛び出してきてインネンをつけた兄ちゃんと言い争った場所が近くもあり、ややトラウマティックだった。

「どうかね」と妻に訊くと「いいんじゃない」と言う。大きな買い物なのに、妙にあっさりしている。だが調べてみると、耐震基準が旧になっていて、その点を不動産の人に電話して訊いてみると、確かに旧で、東北の地震の時に大したことがなかったので、住人らの意見で新に改装しなかったのだと言う。もっともあとで、カネがなかったということが分かるのだが、住むわけではないし、火事は旧でも新でも関係ないからいいんじゃないかということになった。

そこで、手付金の二五〇万を下ろすため、U＊＊銀行へ行ったのである。私はここ数年来、この支店には来ず、少し離れたところにあるATMを使っていた。というのは、Yという男が区長をしていた、私が越してきた時分、放置自転車の取り締まりがひどく、銀行や店の前にちょっと停めただけで、黄色の警告札を貼られており、この銀行の前でもしょっちゅうやられたからである。一度は、出てきたところで貼っているおじいさん三人に出くわしてしまい、文句を言ったことがある。言いながら私が札を剥がすと、浜村純のような顔をしたおじいさんが顔色を変えて、「罪になりますよ！」と言ったのが忘れられないのだが、その札には、見たらはがしてください、と書いてあるのに、何の罪になるのだろうと思ったが、近ごろあのおじいさんは、選挙ポスターと勘違いしたのではないかと気づいた。

そういう悪い記憶のある銀行支店なのである。入ってみて、女性の行員が昔に比べて不美人になっているなと思った。とにかく書類を書いて出すと、「オレオレ詐欺」に遭っているのではないかというので妙なアンケートに回答させられた。私の外見は、そういう詐欺に遭うように見えるのか、それともどんな相手でもこういうアンケートに回答させるのか、といぶかしく思いながら見ていくと、「息子さんやお孫さんから電話はかかってきましたか」などというのに「いいえ」にチェックするというバカバカしさで、しかもその下に「風邪で声がおかしいと言いましたか」とあるのだが、上の質問に否と答えているんだからこれに答える必要ないでしょう、と言った。だが仕方ないから記入し、椅子に掛けて待っていると、別の中年の女性銀行員が来て、高井戸警察からの要望で、詐欺ではないことを確認するために、用途について証明するものはあるか、と言う。

ということは、私がボケて詐欺に遭っていて、しかし詐欺実行犯から、銀行ではこれこれの用途だと言え、と言われて従っているということになるのであろうか。そんなこまごました指令に従わせる詐欺というのがあるのだろうか。そんな指令に従うくらい頭がはっきりしていたら詐欺になんか遭わないのではないか。私は怒ってどなりつけ、それなら私が警察に電話すると言ったら引き下がったが、そもそも自分のカネを引き出すのにその用途を銀行に対して証明する何の義務があるというのか、そちらを証明してほしい。あとになって高井戸警察に電話する用事があった時に訊いてみたら、そこまで警察では要請していない、と言っていた。当たり前だ。

なぜこれだけ長期にわたってメディアで騒ぎ、こんな厳重警戒をしているのに、まだ詐欺に引っ掛かる人がいるのか、と言うに、それはその老人が寂しいからである。私は大学生のころは、いくつかの詐欺に遭ったが、中でも謎なのは、デート商法に引っかかりかけたことがあることで、女性から電話がかかってきて、どういうわけか実家のそばの駅前で会うことになって、見ると美人で、喫茶店へ入って話を聞いて、けっこうなカネがかかると聞いて、あれっと思ってそのまま別れたのだが、なんでそんなものに会いに行ったのかといえば、寂しかったからである。

空き家整理の人に、実家へ送る荷物を受け取ってもらうことにして、間違えて買った大きい箱があったのでそれに当面要らない本などを詰めて送ろうとしたのだが、重くて持ち上がらないから、足でぐいぐい廊下を押して玄関先まで出した。ところがそれで足指の付け根を傷つけてしまったらしく、外傷がないので中で肉がどうにかなったようで、たまさかそこをどこかに当てると激痛が走るようになり、しばらくは左足の指の後ろを少し持ち上げるようにして歩いていた。

実家の整理をしていて妻が発掘した、実家を購入した時の書類があったが、これはなかなか厄介なものだった。もともと草っ原だったところを開発して住宅地にしたのだが、持主だった女性がいて、ローンを組むからややこしかった。

マンションの手付金を払いに上高井戸の不動産事務所へ妻と二人で出かけると、六十を過ぎたくらいのおじさんが来ていて、それが元の持主だった。といっても住んでいた人ではなく、業者である。あとで名前を検索したら、「××不動産の実権を握った」とか書いてあった。

本格的な支払いは、隣のE町という駅のU＊＊銀行で、私は十年前までここに住んでいたからアウェイ感はなかったが、大金のやりとりだから少し緊張して自転車で行き、不動産屋と前の持主と司法書士に指示されながらようやく支払いを済ませた。こういう時私の意識の中では、おそらく私より年下であろう司法書士を含めて、みな年上のおじさんに見えているからおかしい。この時に限らず、実務的なことをする時には、私の頭の中では私は三十八歳くらいになっているのである。

妻は用事があって電車で帰るというので、私は焼き鳥店で焼き鳥を買って帰った。妻の帰宅が遅かったのでその日の昼飯はその焼き鳥になった。

ところでその日、マンションの持主らの管理組合の集まりが、半月後の三十日に、近くのめんぼうといううどん屋であると言われたのだが、越してきた当初このうどん屋へは何回か行っている。しかしあまりうまくないので足が遠のいていた。それに、今では禁煙になっているのじゃないかと思って気が進まず、妻に行ってもらおうと思ったのだが妻も嫌がり、数日後、めんぼうに電話して禁煙かどうか訊いたら、その集会は禁煙ではない個室だと言うから、行くことにした。

朝の十一時からだったが、少し早く行ったら私しかおらず、あとから三々五々集まってきた。私を除いて五人、おそらく一人の女性以外は私より年上で、七十歳くらいと六十代くらいのおばあさん二人が私の前に座り、理事長だという六十歳くらいのおばあさんと、やはりそれくらいのおじいさん、あと五十歳くらいの小太りのおねえさんであった。

この若いお姉さんが建築関係の仕事だとかで管理費の決算とかぺらぺらしゃべっていたが、管理を任せていた田中とかいうおじいさんが、連絡がとれなくなっているという。普通は十万くらいかかるマンション管理を三万円で頼んでいたというのだが、嫌なら嫌で言えばいいのに音信不通になり、二人くらいその田中さんの自宅を訪ねたとかいう、妙に心細い話を延々としていた。

十二時からみなうどんなど食べ始めたのだが、私は昼飯はいつも一時半なので早いから、そう言ったら、コーヒーでも飲んでいったらと言われ、コーヒーをとった。私は煙草を喫っていたが喫っていたのは私だけだし、そのうち帰って来た。

するとほどなく実家の向かいのおばさんから電話があって、うちの二階から音楽が聴こえると家の裏手の人が言っているから電話番号を教えていいか、と言うから、電話で話すと、祭囃子のような音楽が一週間くらい前から聴こえるというのだが、一週間前なんて誰も行っていないしそれは変で、私と妻は三日後に実家へ整理に行くことになっていたのではあるが、とりあえず実家の管理を任せている人に見に行ってもらうことにした。

すると、玄関先へ立ってみたが別に何も聞こえないと言う報告で、「祭り囃子のよう」というのが、江戸七不思議の一つの狸囃子を思わせてぶきみである。あるいは隣の家も留守がちなので、そちらではないかとも思った。

さて三日後、妻と一緒に実家へ行き、さあ音楽が聴こえるかなとわくわくしながら近づいて行って玄関へ立ったが、何も聞こえない。そこで鍵を開けると、二階のほうから、確かに電子音楽が聴こえてきたのだ。それはスコット・ジョプリンの「ジ・エンターテイナー」だった。そんなものが聴こえる心当たりはどう考えてもない。私は、上がって確認しようとしたが、妻が、「警察を呼びましょう」と言う。

　私は、どうせ機械か何かの問題だし、何者かが上がりこんでこんな音楽を鳴らし続けるなんてありえないから、と言うのだが、妻はそれより少し前に「クリーピー」という映画を観ていて、これは私の大学院の先輩で法政大教授の前川裕という人（面識はない）の原作を黒沢清が監督したもので、家に上がり込んで恐ろしいことをする異常者を描いたものだったため、妻は「異常者は何をするか分からない」と言う。それでとうとう妻の携帯で警察を呼ぶと、十分ほどして三、四人が到着し、二階へ上がっていったが、「電話から音楽が流れている」と言う。二階の私の部屋にファックス兼用の電話があるのだ。

　そこで私も上がっていくと、確かに電話から、延々と軽音楽が流れているから、電源コードを抜いたら止まった。あとでパナソニックに電話して訊いたら、店頭デモのための仕様で、こうこうすれば止められる、などと言っていたが、それなら売る時に止めておいてほしいものだと思った。

　それから家の整理が始まったのだが、この日は、さらに売る本の選別であった。本を売るというのは閾値がいくつかある、ということが分かったのだが、まず、全然要らない本というのはすぐ売られる。次いで、まあ要らないかな、というのが売られ、念のためにとっておいた、というのが売られ、この時にはもう、近くの図書館にあるようなものは売るということになって、どんどん選び出して、妻が一階まで持っていくという作業の繰り返しになった。

実家の階段は、住んでいたころには気づかなかったが、狭くて傾斜が急で、老人にはさぞしんどかったろうと思った。上る時はいいが降りるのが危険だ。妻は三十回くらいここで昇降運動をしただろう。妻は働き者だが、その分だけよく寝る。夕飯のあとすぐ寝たりするし、寝ると回復するのだからレインボーマンみたいなものだ。

引っ越し便を頼んでおいたので、その日の昼過ぎに見積もりの人が来て、各部屋を見て回り、だいたい段ボール何箱、と言う。私は本が多いので全部持っていけないんじゃないかということと、新しいマンションに入りきらないんじゃないかということを心配していて、いざとなったら風呂やトイレにも入れてしまおうと思っていたのだが、見積もりの人は割と雑作なげに「二百箱くらいですかね。まあ入るでしょう」と言っていた。

まだ六時過ぎだったが、腹が減ったから、駅前のラーメン店へ入って、私は半チャーハンラーメンを食べたが、疲れているからうまかった。

それから十日ほどして搬出の日になり、今度は私一人で実家へ行った。朝十時からだというので、八時ころ家を出なければならなかったが、「どのくらい（時間が）かかるのかな」と妻に言うと「二時間くらいじゃない」と言う。途中の北千住駅に旨いパン屋があるので、明日の朝食にとそこでパンを買い、さらに実家そばの駅前のコンビニで昼食用のパンを買った。

実家へ入ると、左手に母の仏壇があるから、そこで線香に火をつけてから二階へ上がり、待っていると業者が来た。確か三人来て、リーダーらしいのは私より年上らしい女性で、どれを持っていってどれを残すか私に聞いて、ぺたぺたとピンクのメモパッドを貼っていった。前の整理の時に妻が全部ではないが、本箱ごと持っていくものと中身だけ持っていくものにメモパッドを貼っておいてくれた。

ところが、仏壇の前に父親の遺骨があった。リーダーの女性は、「あ、お骨は手持ちでお願いします」と言い、位牌も、とつけ加えた。そんな話聞いてない。それなら見積もりに来た時に伝えるべきだろうと思ったが、黙っていた。

しかしこの引っ越しは、考えると胃が痛くなる種類のもので、私はこの家に十四年住んで、そのあとも実家として母が生きている間は十三年、母が死んでから十年たつので、処分するとなるとやはりつらい。さらに私の部屋の天袋には、ここより前に住んでいた家から持ってきたような、私の小学校時代のものもあり、家族のものもあるから、何が出てくるか分からない。何しろ私の部屋のあちこちには、ヌード写真集やエロビデオも置いてあるのだ。普通はそういうのはまとめて箱に入れておいたりするのだろうが、私にはもうそんな余裕もないほど、実家に疲弊していたのである。引っ越し業者がプロに徹してせっせと運んでくれるのを、目をつぶるようにしてじっと待っているしかない。

ところが、二時間どころか、十二時を回っても終わらないで、「あのう、お昼休みをとってきます。一時間ほどで戻ってきます」と言ってスタッフは出て行った。

私はパンの昼食をとると、一階へ降り、あいた段ボール箱に骨壺と位牌を詰めて、宅急便で送ろうと外へ出た。家には自転車が二台あったのだが、片方はもう使いものにならず、使えるほうも空気が抜けていたから、空気を入れて、前のカゴに段ボール箱を入れようとしたが、落としてしまった。遺骨がどうなったかと思ったが、また乗せて、押さえつけながら近くのセブンイレブンへ行き、新しいマンションの住所が分からなかったので、住んでいるマンションあてに発送した。

末期がんで闘病する母に「死んじまえ」などと暴言を吐いた父は、すでにボケていたのかもしれないが、母は父との同居が苦しくて、市営住宅に住もうかなどと考えていた。そして絶望して死んでいった。母の墓は作ったが、そこへ父親の骨を入れる気にはならない。前に妻と実家へ来た時、帰り道に遺骨を粉砕してくれる店があったので、のぞいてみたが誰もいないようだった。

その時も、コンビニの店員は外国人で、住所の近くでも外国人店員が増えている。中には、日本語ができないに近い、何を言っているのか分からないのもいる。カナダへ留学していた時、飲食店で、英語の分からない店員がいたことがあるが、せめて日本語くらいは話せる店員を使ってほしいものだ。

引っ越しスタッフはなかなか帰ってこなかった。私は南原幹雄の『天下の旗に叛いて』という結城合戦を描いた小説を読んでいた。一時半くらいになってやっと帰ってきたが、どうやら人数が足りないと分かったので助っ人を頼んだらしく、二人ほど増えていた。再度搬出作業が始まったが、私は、遺骨がなくなっているのに気づいて何か言われたらどうしよう、と少し思っていたが、何も言われなかった。

三時を回り、引っ越しスタッフは二階へとりかかり始めた。働いているのは主に若い男だが、年配のリーダー女性もけっこう活躍している。二階はごたごたと本が置いてあるから大変である。私は一応の指示は最初にしておいたが、そのうち自分でも出て行って、これは残す、これは持っていくと改めて説明する。その間に、久しく出たことがないベランダへ出たら、プラスチックの洗濯ばさみやらが半ば朽ちて散乱しており、えらいことになっているなと思った。

そのうち、いよいよ私の部屋にとりかかったから、私は父の仕事部屋だった小さい部屋へ移って本を読んでいた。もう四時を回っている。二時間で終わるどころの騒ぎではない。私もかなり疲れてきて、早く帰りたいと思っている。

引っ越しスタッフというのは、あまり無駄口を利いてはいけないし、引っ越し荷物について何か言ってはいけないだろうと思うのだが、私の部屋の天袋、いわば伏魔殿にかかった女性リーダーは、疲れてきたせいか、一緒に仕事をしている青年に話しかけ始めた。するうち、「あらっ、昭和四十八年だって、これあたしが結婚した年よ」などと言うのは、天袋から出てきた私の小学館の学習雑誌をさして言っているのだろう。それでこの女性が六十三ないし六十五くらいであることが分かった。

このリーダー女性は、天袋の荷物を全部運ぶよう言ったのに、「多いので選別とかできませんか」などと言ってきたから、「いえ全部運んでください」と答えた。もう五時近い。スライド式の本棚があったのだが、スタッフが、これ、壊れているようですがどうしましょうか、と言うので、それは置いていくことにした。

とにかく、八時間かかったわけで、スタッフも疲れたろうが私も疲れた。女性リーダーが、では確認しましょうというので天袋や押し入れを見たら、わりと残存物があった。彼らが帰ってしまったあと見たら、まだ出し忘れがあり、一階の階段の下に母のものなどがあったのを、搬出しなくていいとしておいたのだが、ちらっと見ると、これももう一度確認しないと、と思った。しかし私の心身は限界で、スタッフが出て行ったあと、二十分ほどしてもう薄暗くなった中実家を出た。

駅前まで歩きながら、もういっそタクシーに乗って帰ろうかと思うほど疲れていた。私はタクシーが禁煙になってからは乗らないことにしているのだが、途中で降りて一服してもいいと思った。とはいえ東京西郊までタクシーはつらいし、駅前にタクシーがいなかったのでやめにした。

電車を乗り継いでようよう家に帰ると、妻が、

「目が真っ赤だよ」

と言う。本などの埃のせいで、これからあとしばらく、本の埃が原因であろうひどい鼻炎に私は悩まされることになるのである。

翌日の十時からの搬入には、妻が立ち会ってくれ、こちらは二時間ほどであっさり終わった。ところが、本を出して本棚へ詰めるのまではやってくれず、それは契約にないということで、私も気づいていなかったのだが、電話して、改めてやってもらうよう頼んだら、四日後にやってくれることになり、今度は私が行った。妻は、三つの部屋全部に大量の段ボール箱が積んであるから吐くな、などと言った。

行くと確かにそうだったが、太ったお姉さん二人がやってきて、私に訊きながらちゃかちゃか詰めてくれた。私は南側のベランダに面した、段ボール箱が多量に積んである和室の片隅に座っていたが、しまった読む本を持ってくるんだったと思いながら、たまたまその日は持っていたスマホでツイッターを見たりしていたが、そのうち外へ出された本の中に、伊藤潤二の恐怖マンガ『うずまき』の第一巻があったので、それを読んでいた。

ところで実家の本棚は、地震による転倒防止の金具がついていて、それはとってもらって保管しておいたのだが、これはつけてくれなかったというから、それはもう業者に頼んでやってもらうしかないなあと言い、それを除けばだいたい終わったつもりでいたのは、私であった。

確かに、あれだけ本を選って売ったものの、搬出の時に見ていて、吉川英治の『宮本武蔵』など、これは売ってしまおうと思ったものはあったが、それはまあおいおい、と思っていたのだ。

だが、そんな私の思惑を妻は許さなかった。妻は本棚を新たに買い、翌日マンションへ行ってその到着を待っていたが、いつまでたっても来ず、時間は八時を過ぎ、私は自分で夕飯を適当に食べた。妻からツイッターのメッセージが来て「和室に一冊だけうずまきが置いてあった。こわいからやめろ」とあった。あまり長く待たされた妻は空腹と水不足でへとへとになったと言い、ヨガをやっていると言ってきて、何か食べるものを買ってきてくれと言っていたのだが、その日はやたら暑く、私のほうは搬出以来の疲れで動けなかったし、帰ってきて食べたほうがいいだろう、と言って行かなかったが、九時過ぎにやっと届いて、妻は帰ってきた。自分の家で遭難した、と言っていた。

二人のお姉さんは、段ボール箱のあいたのは引き取りに来る、と言っていたのだが、時間がいつになるか分からないので、ゴミとして出すことにした。さらに三日後、妻はまた本棚受け取りに行き、またしても六時過ぎて届かないという「遭難」をした。その日は私も見舞いに行ったのだが、コンビニで弁当を買って温めてもらうという、独身男みたいなのが嫌だったから、軽いパンだけ買って持っていったら、「これ食べていいの？」と言ってむしゃぶりついた。その日は前回の遭難に懲りて、水のペットボトルと乾燥ナッツに、海苔の佃煮「ごはんですよ」とパンを持ってきたがそれも尽きていたという。

私がぎょっとしたのは、妻が「ごはんですよ」をパンに塗って食べた、という話であった。昔、マンガの『美味しんぼ』で、カツオのさしみにマヨネーズをつけるとうまい、という話があり、みな一度はやってみた、というのがあったが、それに近いと言えようか。実際家でも、パンに「ごはんですよ」を塗っていたが、実にぶきみな光景であった。

待っているから動けないのだが、それならピザでもとればいいのに、と言ったら、「自分はそんな偉い身分だと思っていない」と不思議なことを言う。一人分を頼むのが気がひけるのだろうか。そういうところは、妙に私の母に似たところだ。で、私が来たから、妻は近くのコンビニへ行ってオムライスなどを買ってきた。小さいちゃぶ台があったから、そこで向かい合って食べていたら、何やら新婚夫婦の引っ越しみたいだと思った。

見ると本棚にはかなりある程度本が並んでいて、ひやあホントに整理するんだと思った。奇妙にも電気も水道も通じていて、訊いてみたら最初から止まってはいないのだった。実家の電話はもう二年ほど前に止め、水道はこの間止めたので、電気に関しては実家と住所と別宅の分を払うことになってしまった。

別宅は海老名マンションというので、次第に「エビマン」という略称が私と妻の間で定着していった。それからしばらく、私は妻とともにエビマンに通い、大量の段ボール箱を開いてはそこから売る本の選別を命じられたのである。もとより、まだ封の開いていない段ボール箱が多量にあった。

その一方で、自宅マンションの本で当面不要なものを別宅へ移す作業が始まった。自宅中央にリビングがあって、妻はこれを「居間」と呼んでいるのだが、私にはダイニングキッチンとしか見えなかったし、居間というのは和室だと思っている私は、

「食堂」などと呼んでいたが、そこから次々と本がエビマンへ移っていき、それに応じて私の、決してそうは思えないのだがゴミ屋敷ならぬゴミ部屋めいた部屋が掃除されて、そこから本が居間のほうへ移動した。

私は決して掃除の嫌いな人間ではないのだが、私の部屋がゴミ部屋めいたのは、本の置き場所がないからであった。それが今、エビマンという場所ができたため、私の部屋から多量の本が、多量の埃とともに居間へ流出していくことになった。私がひどい鼻炎になったのはそのためである。

最初に選別をやった時は、六時を過ぎて、私が手をあげて「限界宣言！」と叫び、二人ともへとへとだったから、めんぼうの向かいあたりにあるサイゼリヤへ行こうということになった。土曜日だったので禁煙だったが、私はもうどうでもいい、と言って入った。隣の席には高校生らしい男女七人がいて、男四人、女三人なのだが、どういうわけか男二人が何か言っては女子三人を笑わせており、その輪に加わらない男二人がいた。何やら階層の存在を見たようであった。

荷物の中からは、なかなか「ディープ」なものが出てくることもあった。小学校時代の作文やら高校時代の成績表、またアルバムがひときわディープで、私らがまだ小学生で、父親の肩に寄りかかっている写真もあったし、母の結婚前の写真帳まで出てきたから、これは何らかの形で保存しようと、自宅へ持ち帰ったりした。

私の知らない人や親戚の結婚式に母が出席した写真もあったが、だいたい母が死ぬ前の数年間の写真が生々しくて見るのがつらかった。そういうのが出てくると、わりあい精神的なダメージを受けるから、このエビマン作業は侮れなかった。

気温が暑くなってきたので「暑い」と言うと、冷房があると言う。私は全然気づかずにいた。そこで、妻がまず行って部屋を冷やし、それから私が行くというパターンになった。そのうち、妻が現場監督で、私が肉体労働をさせられている気分になったので、

蛍ちゃんがね、エビマンへ行くんだってホントかな
僕も呼び出されて肉体労働させられるんだ、こわいよね
現場監督、蛍ちゃん

などと歌っていた。

はじめ仏壇が見えなかったから、どこへ行ったかな、と言うと妻が、和室にあると言う。嵩高に積まれた段ボール箱の向こうに、引っ越し業者が備え付けていったらしいが、なかなか姿を現さず、整理が進んでいくと見えるようになった。

私の、本の埃が原因であろう鼻炎も一時はひどく、夜など両方の鼻が詰まったまま寝るから口で息をするありさまだった。もともと私は慢性鼻炎で、もう十七、八年前に三鷹に住んでいた当時、十一月ころになるとひどくなって近くの医者に行き、絞め殺されるような子供の泣き声を聞きながら治療してもらっていた。その後、鼻サーレで洗滌するようになってからよくなって、医者へ行かなくて済んでいたのだが、この時はひどかった。それに便意が多く、古本屋で便意を催すのは本の埃が原因だという説に説得力を感じた。

本というものは、いくら感銘を受けたものでも、一度読んでしまえば特に手元に置いておく必要のあるものはあまりない。置いておく必要があるのは『昭和文学年表』とか『新聞小説史年表』といったレファレンス類である。もっとも、図書館にないものは置いておくから、「有名本」に限ってどんどん売られていった。妻も見ながら言っていたが、私も若いころ、「フランス現代思想」とか、浅田彰とかが勧めていたものとかを、義務感と焦燥からあれこれ読んだもので、そのうちポストモダンなどはもうだいぶ売ってしまっていたが、レヴィ＝ストロースなどが残っていたから、これも売った。

しかし『悲しき熱帯』二巻を売ることにして、つくづくこれは謎の本だったなあと思ったのであるが、私の高校生当時、講談社文庫に『悲しき南回帰線』というレヴィ＝ストロースの著作が入っており、のち『悲しき熱帯』という題名が『現代思想』などによく出てくるので、これはどういう関係かと思ったら、「熱帯」を短くしたのが「南回帰線」らしいのだが、分量がそれほど違うとは思えず、謎である。『悲しき熱帯』は中央公論社から二巻本で出ていたが、これを古書で買いこんで、少しは読んだのか、別に面白くなくてそのままであったし、要するにナンビクワラ族とか未開民族の記録で、当時として何か興奮させるものがあったのだろう。

『フェミニスト』などという雑誌も出てきた。これは私が中学三年の夏に創刊されて、創刊号から購読していたものである。当時私は男女平等論者で、というのは男のほうが強くあれ、わんぱくであれ、泣くなと言って差別されていると思ったからで、「フェミニスト」は意味から言ってもそれとは違うのだが、当時はそういう雑誌はほかになかったので、高校一年まで八冊くらいは買っていた。そのあと休刊になったのか、なくなってしまったように記憶する。

『ビッグトゥモロウ』くらいの大判薄手で、黄色い装幀の雑誌で、創刊号の表紙はオノ・ヨーコだったが、私はその創刊号を失っていた。二十二年前に結婚するつもりでつきあっていたS女にあげてしまったのだ。そこでこの機会に古書店で探したら安く手に入った。当時は上野千鶴子登場前だから、渥美育子が編集長だったが、今どうしているのかと思って調べたら、教育関係の実業家になっていた。あとは水田宗子、松井やよりがいて、小林富久子というのは早稲田の教授だった英文学者だろう。ほか柿沼美幸とか野尻依子とかいるが、その後名前を見ない。

内容はしかし、中・高校生の私から見てもお粗末で、アメリカの類似雑誌の記事を翻訳したりしていたが、ひどかったのは第三号に載った女子学生の少女マンガ論で、女の子は男に愛されるのを待っているだけだという古典的な少女マンガ批判をしており、高校に入ってから、倉多江美などを読んでいる中学時代の友人に話したら、そんなのは昔の少女マンガだ、と言って猛烈に怒られたことがある。あと、アメリカの雑誌から、女性差別的待遇を受けた時の答え方というのが翻訳されていて、「女の子

(girl)」と言われたら、「じゃあ大人になってから帰ってくるわ」と答えるとか、「君はタイプはしないの?」と言われたら「タイプもステレオタイプもしないわ」と答えるとか書いてあって「相手と自分の立場を逆転させるのがコツ」などとあり、中学生ながらにげんなりした。

しかし驚いたのは、小学四年生から五年にかけての日記が発掘されたことで、そんなものが存在すること自体すっかり忘れていた。四年生の終わりの正月に、おそらく母に日記帳をもらって命じられて書き始めたのだろうが、五月くらいで満杯になっており、その後が書かれた様子はない。

自宅へ持ち帰って読み始めて、私はすぐにげっそりしてしまった。面白くないのである。それに、当時の自分の生活のショボさが如実に表れていた。

私は小学生のころ、「作文」が嫌いだった。作文というのは、だいたい生活綴り方だから、実際にあったことを書くのである。だが私の日常はおおむねつまらなく、かつまた地味に嫌なことが多かった。中勘助の『銀の匙』の宣伝文の「子供時代の思い出は宝石箱を開いたよう」などという文言を見ると、それは金持ちの家に生まれて夏は軽井沢の別荘に行って従妹に美少女がいるとかそういう階級の話ではないかと思った。

もっとも、頭のいい女の子などは、どう書けば大人が感動してくれるか分かって、つまらない日常からもいい作文を書くものらしいが、その点私は今にいたるまで自分が思った通りのことしか書けないのだから、子供のころにそんなものが書けるわけがない。

私は三年生になった時に茨城県から埼玉県のK市のY町というところに越してきて、D小学校というのへ通い始め、高校三年の時に今ある実家へ転居したのだが、三・四年のころは、実生活は暗かったし、いじめにも遭っていた。五年になってから、場に慣れたのか友達も増えて楽しい二年間になったが、中学へ上がると一年の時はまたいじめに遭い、二年になると友達が増えていじめもなくなるという、だいたいどの学校でもこのパターンであった。

この日記のはじめのころというのは、私が登校グループでいじめに遭っていた時期に当たる。母ももしかしてそれを心配して日記など書かせたのかもしれないが、日記を書くと人間性が向上するとかいう妙な教養主義に母はとらえられていたのであろう。

この日記で、日付の分かったことがあった。カピが死んだ日である。カピというのは、茨城県にいた時に飼っていた雑種の犬で、名前は『家なき子』からとった。元はカピターノ（隊長）から来たものだが、周囲の人々からは「カビみたいな名前だな」と怪訝に思われた。あまりちゃんと面倒を見ることができず、引っ越す時に、母の実家に預けてしまったのだ。母の実家でもてあましたのだろう、散歩もろくにさせなかったのか、病気になって、自分の片足を食いちぎってしまい、そのあとほどなく死んだ。かわいそうなことをしたものである。

集団登校というものがあることは、転校してきた時に教えてもらわなかった。あとで気づいて申し出ると、私の住まいが学校に近すぎたのか、学校の前にある「かにや」という雑貨屋の前が集合場所になっているグループに入れられた。それでは意味がないので、母が、あのへんから出ていくグループがあるから入れてもらったら、と言って、そのグループに入ったのだが、私の一年上の、背の高い二人がボスで、片方はやせ型、もう一人は小太りで、このやせ型の大山という五年生、のち六年生が、獰猛な顔つきをしていて、私をいじめたのである。ことあるごとに怒鳴りつけられ、時には顔をはたかれた。

登校中にいじめで蹴られた時のことが書いてあるのは、三月十二日月曜日である。

きょうは、学校へ行くと中、けとばされてしまった。そこで、先生に言うと、今度やられた時は言え、と言われた。一日じゅう、やられた所がいたかった。メガネにきずがついていることも気がついた。家に帰っておかあさんに言うと、別に変わったことは言わなかった。

とあるだけである。日記のあとのほうを見ると、母が赤ペンで書き込みをしていた。「ちょっと読んでみました」とあり、「これは日記ではありません」として、したことを書いているだけで、自分の気持ちが書いていないと批評してある。

こういう風に分かっていないのか、と思ったのだが、自分の気持ちなど書きたくないのである。登校グループでいじめられているとか嫌に決まっているのだ。それを訴えても、親も教師も何もしてくれないのが悲しいのだ。だがもし日記に、親や教師の悪口が書いてあったら母は何と言うのだろう。

結局この登校いじめ問題は五年生まで持ち越された。母は中卒で、当時三十五歳くらいだ。どうしていいのか分からなかったのだろう。五年の担任の教師に相談すると、日教組の組合員だったこの担任は、またどういうものか、クラス全体に、「どう思うか」と訊いたのである。すると多くが、登校グループで上級生にいじめられるのは当たり前だ、と答えたので、担任が困ってしまった。

最終的には私がグループを抜けることになるのだが、その大山が、母親に連れられてうちへ来たことがある。私は風呂に入っていたかして出て行かなかったのだが、玄関先で大山は、「僕はついてこられない子は嫌いです」と言ったそうである。母は何だか感心したようにそれを伝えたので、私はのちにそのことを書いた。それを読んだ母は「感心なんかしてないわよ。何てやつだと思ったわよ」と言っていた。

しかし、いったいこの時、父はどうしていたのであろう。家へ来た時はまだ帰宅していなかったのかもしれないが、父は何もしなかったのである。私が父親なら、大山の家まで行ってぶん殴ってくる、とさえ思うのだが、何もしなかったし、私にも何も言わなかった。私が父への信頼をなくしたのはこういうところである。子供がいじめられていじめっ子を殴った父親などという話を聞くと、うらやましいと思う。そして、こういう人間にはなるまいと思ったのだ。

もし私が、お父さんは何もしてくれなかった、こういう人間にはなりたくない、などと日記に書いたら母は何と言っただろう。その時の母なら、お父さんは一所懸命働いているんだから、などと言ったであろう。自分の気持ちを書けと言いながら、実際は本当の気持ちなど書かれると困るのである。

担任の教師も、クラス内の問題ならともかく、上級生が関わっていると、そいつの所属クラスの担任との問題にもなるから、手が出せなかったのだろう。子供というのはいつでもこういう大人の事情の暴虐に遭っているのだ。

最近は「いじめ」を論じる社会学者や評論家も増えてきた。ところが彼らは、警察を導入しろとか、クラス制度をなくせとか、実効性の疑わしい提言を得々としてするだけで、私が、大人の世界にもいじめはあるだろう、と言っても答えない。インターネット時代になって、直接そういうことを言うこともできるようになったが、相変わらず無視するのだから、何のことはない、彼らがいじめっ子のようなものだ。

たまさか届いた『かまくら春秋』七月号の、三木卓さんの連載「鎌倉その日その日」が「いじめ雑感」であった。三木さんは「学校は楽園ではない。教育にそういう幻想をいだいて、それを教育者におしつける人もいるが、ジャングルを生きる動物たちの世界である」「そもそも世の中は、社会はいじめの跳梁する場である。学校でしっかりその状況を学んで世の中へ出ていく術を身につけることが大切である」と言い、自殺者が出ると学校としてはいじめっ子も守らなければならないから、「いじめはなかった」というような結論が出る、と言い、「また学校は「政治」でもある。ことは平穏におさめなければならない。本質論だけやっているわけにはいかない」「人生はあらっぽい。みんな孤独に生きる。天国のような学校も、職場もない」と結んでいた。偽善的な社会学者とは何たる違いであろうか。

私には、そのY町へ越してきた当時、母はどこで買い物をしていたのだろう、という疑問があった。家から駅まで行く途中に「マルヤ」というスーパーマーケットができたのは、越してきた翌年だったし、家から五分ほどのところに「槙島」という二階建ての瀟洒なビルの酒屋ができて、そこで醤油などは売っていたが、それまではどうしていたのか、というに、西側にあるA町の商店街あたりへ行っていたのだろう。

当時うちの経済状態は楽ではなく、父は大手町辺の輸入会社へスイス時計の修理の仕事で通っていて、外見だけはエリートサラリーマンのようだったから、私も何やら勘違いしていたようなところがあったが、自宅の二階の八畳を仕事部屋にして、机の上にどっさり細かな道具を並べてアルバイトの時計修理をしていた。母もあれこれ内職をしたり働きに出たりしていたが、おもちゃ工場へ行っていたことがあり、そこでもらったプラスチックのおもちゃの道具などを持ち帰ることがあったが、そんなものは何にもならないので押し入れに放り込んであったりした。

この日記には三月二十九日、父の誕生日に、帰宅したら居間へ入るところで薬玉を開かせようと苦労した時のことが書いてあった。

きょうはおとうさんのたん生日なので、帰って来た時に、つつみ紙を細かくしたものがふってくるしかけを考えた。

それは、はこのまん中を切り、はじっこだけのこし、くせをつけて、いつも、開いているようにして、上と下に、穴をあけ、画用紙をさしこんで、しまるようにした。そして、その画用紙に糸をつけ、その糸をひっぱれば、画用紙がとれ、ふたが開き、中のものが飛び出すしかけだ。（略）

何度もそのそうちの、テストをしてみたが、成功だった。

ところが、いつもは七時に帰る父が、その日はなぜか遅く、私はいらいらして待っており、弟はいったん寝てしまったが、十時近くになってやっと帰って来た。

今だっ、とひもをひくと、そうちもおちて来て、失敗、あんなにテストでは成功したのに、ああ、本番ではあわてていたからだ。と思うと、頭に来て、こぼれた紙をおとうさんの頭の上から、バサッ。

この日記で意外だったのは、当時、父のアルバイトの荷物を運ぶのに母がよく日本橋三越へ行っており、私もいつも母について行っていたと思っていたのが、父と二人で行ったこともあったことである。このように小学生のころは特に嫌いでもなかった父と、中学生になってから次第に懸隔ができていくのだ。

しかし親というのは心配性である。こちらは中学二年の夏、アメリカへホームステイに行った時の日記というのがあるが、子供は小学校四年から中学二年でこれだけ変わるのである。

とはいえ、一般的に健全な中学生になったわけではない。少学五・六年生の時に放送された人形劇『新八犬伝』に夢中になった私は、それまでの特撮好きから一転して歴史もの好きになった。はじめは子供向けの『里見八犬伝』の、高木卓が書いたものなど読んでいたのだが、中学生になると三越で岩波文庫の『南総里見八犬伝』原典を買ってきて読み始めた。

明治初期の文学者の馬琴熱はものすごかったから、初期の文藝にはいたるところに馬琴の影響が見られる。二葉亭四迷の『浮雲』も、目次はともかく、犬塚信乃と浜路を逆にしたような話になっている。

私は二年生の夏にホームステイでアメリカのミネソタ州レッドウッド郡ルカンという町の町長のところに行くのだが、その時の『亜米利加記』という日記がある。三越で買った丸善のノートブックで、表紙にこの通りのことが筆ぺんで書いてあって、中も全部筆ぺん書きである。筆ぺんはそのころ発売されて三年ほどだったが、私は擬古的な雰囲気が出したくて盛んに使っていた。

表紙は「亜米利加記　巻之一」と書いてあり、「序」として、

我、この度亜米利加へ壱ケ月の間行ク事トなり、その一カ月間の記録をここにかくつもりなれど、一寸先は闇ゆえ、今の内はどの程度の長さとなるかわから《マ》ず《マ》が、とに

も角にも書き出しは四頁よりとなす。

とあり、脇に北米合衆国の地図に、「峰曽多」の「流勘」とあり、さらにミネソタ州の地図があって、「峰有穂栗鼠《ミネアポリス》」とし、郡のところが「列度有度《レッドウッド》」としてある。

次のページには目次があって、
第壱回　出発《たつ》てオリンピック記念青少年総合センターに着《つく》。説明を聞きてそこに泊る。

第弐回　飛行機に乗て羽田より日本を出づる。十数時間をへて峰有穂栗鼠・千十峰《せんとぽう》流《る》に着《つく》
第参回　あっと言う間に夜終わる。

眠気をこらえて議事堂、動物園へ行く。

といった具合で、第一回は、

七月二十日
今日が出発の日である。我は、代々木公園駅まで常の方法にて行く。のち、歩く。大型かばんは転がせる。そののち、オリンピック記念青少年総合センターに着く。

とわりあい尋常な、しかし擬似文語文で始まるのだが、そのうち奇妙な単語が頻出するようになる。カセットテープの小型再生機を持って行ったのだが、それが掛けてみたら聴こえないので「前に掛けた鉄粉塗帯には何も録音されて居なかったのだろうか」とある。「鉄粉塗帯」はテープのことで、渡米した反動か、私はあらゆる外来語を日本語に直すという信念にとらえられ、帰国後「正しい日本語をしゃべる会」などというのを一人で作っていたのだ。先のほうへ行くと「パンに牛乳脂肪食品（俗に言うバター）」とか、「馬鈴薯薄切揚（俗に言うポテトチップ）」とか、「噛味菓子（俗に言うガム）」とか、「丸天井映写機天体（俗に言うプラネタリウム）」とか、「小麦粉水発酵焼挟牛肉小判焼（俗に言うハンバーガー。詰まり、小麦粉を水で捏ねて発酵させ焼いた物〈詰まりパン〉に挟む、牛肉を小判型にして焼いた物と言う意味）」などというのが出てくる。

戦時中の英語を敵性語として追放した際は、パンは「麺麭」になったので、以前

「のらくろ」を読んで「乾麺麭」というのが出てきたのだが、それがパンのことだと気づいていなかったのである。もっとも「パン」はポルトガル語で、日本は第二次大戦ではポルトガルとは戦争していないのだから、これを言い換えるのはおかしいのだが、いずれにせよかなり頭がおかしい。

そういえばアメリカのホームステイ先で、政治や宗教の話はしないように、と言われた。私は、宗教的には何も考えてはいなかったが、政治についてアメリカ人とどういうトラブルがありうるのだろうと思い、母に尋ねたものだ。一般的には、真珠湾の騙し討ち攻撃とか原爆投下のことなのだろうが、母はそのころ、天皇制は身分制だからおかしい、と言っていた私を心配していたせいか、フォード大統領という人は天皇制みたいなものが大好きな人だから、というようなことを言った。これも、一般的には逆であろう。ジミー・カーターが大統領選に勝ったのは、私が帰国したあとの秋のことだった。

五条楽園まで

ついこの間のことのように思い思いしているうちに、数えればもう十年強の昔のことになる。私はその二年ほど前に「離婚」をして、というのは籍を入れていなかったからこんな括弧に入れるのだが、というのはあちらが一人娘で、どうやら父親の意向で入籍を肯んじなかったからなのだが、そうは言っても結納が済んだあとになって、入籍は半年待ってほしいと言われ、だが半年たってもあれこれと理由をつけて頑強に拒んでいたのであった。

その後、私は京王井の頭線沿いのE町に小ぶりなアパートの、2Kの手頃な部屋を見つけてそこに越し、気楽な独身生活に戻った、というよりは、もともとが遠距離別居結婚だったから、一年ほどすると、セックスの相手がいないという問題が出来したのである。結婚前には、ストリップを観に行ってそこにしつらえられたピンク・ルームなる小部屋で、五千円も払って女の子にコンドームつきのリップサーヴィスをしてもらう程度だったのが、もう少しちゃんとした「ヘルス」なるものに、年に二、三度ではあるが行くようになったのは、この離婚のあとのことで、四十を超えた私は、三十過ぎてなお童貞であった昔の貞操観念を失っていたということであった。

あまり私は「風俗」という言葉は使いたくない。通りがいいとはいえ、もともとは別の意味の語だし、『風俗文選』のような俳書もあるからである。何かいい語はないかと、「艶舗」などと漢語風のものまで考えてみたが、通じないだろう。しかしここではあえて「艶舗」という造語で通してみることにする。

だいたい艶舗といえば、東京では新宿歌舞伎町とか渋谷道玄坂、ソープランドであれば吉原と決まっているが、私は歌舞伎町というとどうも怖い街という印象があり、今日までこの街の艶舗へ足を踏み入れたことがない。道玄坂には百軒店という路地があり、そこには藝術性の最も高いストリップ劇場である渋谷道頓堀劇場があるので、たびたび足を運んでいたから、それと同じ勢いで近隣のヘルスへも行ったことがある。

東京ではファッションヘルスといい、関西ではファッションマッサージといって、「マッサー」と珍妙な略し方をしていることもあるが、原義からいえばマッサージのほうがまだ近いので、「ヘルス」となるともはや意味は分からない。子供のころ何度か行った「船橋ヘルスセンター」は事実上の遊園地だったが、いま聞くと何やら卑猥な場所のように思える。

九〇年代半ば、つまりそれより十年前に、私は今ではパニック障害と呼ばれる不安神経症の発作が起こるようになり、どういうものか夜八時ころ家にいるとずんずん、と不安になってくることがあって、そういう時に、気分を紛らわすために何度かストリップに行ったものである。私が住んでいた阪急宝塚線からは、一番近いのが十三《じゅうそう》ミュージックで、十三駅の西側へ降りて商店街を抜け、かなり歩く。ほかに大阪では、梅田まで出て環状線を一駅乗ったところにある東洋ショー劇場と、天神橋筋六丁目、通称天六にあるナニワミュージックが、私の行ったことのある劇場である。その後、当局の締め付けと、それ以外の艶舗の発展によってストリップは廃れ、時おり足を伸ばして行った京都のデラックス東寺や十三ミュージックは、純粋なストリップではなくなってしまった。

私が初めてストリップを観たのは、ヴァンクーヴァー留学時代の二年目に、洛北舎大学の学生らと一緒に、ダウンタウンに入る橋のたもとの怪しいホテルの一階のバーでであった。以後帰国してから、一人でたびたび、渋谷のOS劇場や道頓堀劇場へ行くようになった。そのうち飽きてきて、しばらくご無沙汰していたのが、昨年の七月、ふと思い立って、まだ行ったことのなかった池袋の小屋へ行ったら、それが存外よくて、特にかすみ玲という踊り子の、まるで西洋人のような手足の長さに感銘を受けた。黒人とのハーフだという噂もあり、確かにそういう顔だちはしているが、戦後のＧＩとの間の子なら、年齢的にいってその子つまりクォーターだろう。

今年になって、またふと調べたら、蕨の劇場にかすみ玲が出ていたので、ここも初めてだったが観に行った。狭い階段の途中に窓口がある、かつて知らぬほど小さな劇場で、入っていったら、おばさんの踊り子（といっても私よりは若いわけだが）が客に胸をもませていたから、まだこんなことをする劇場があるのかと驚いた。

驚いたのは、客層の高齢化で、だいたい五十二になる私が、もしかして最年少ではないかと思ったほどで、踊り子はだいたい踊ったあと、昔はポラといってポラロイドで客に一枚五百円で写真を撮らせていたのだが、今ではデジカメになっていた。

こういう老人常連客が、どのくらいの頻度で来ているのか分からないのだが、その写真撮影の時の踊り子との会話など聞いていると、毎日来ているのではないかとすら思われる。差し入れも日常的だし、私など二十五年前からストリップを観ていても、彼らの中にあっては初心者と大差ないのである。

Ｔ大の教授だった綿引先生が、Ｓ女子大の学生を連れてストリップに行ったと聞いて、その度胸に驚いたのも院生のころだが、これは浅草のロック座だった。ロック座やフランス座は、世間では有名だが、ただ踊るだけで、タッチショーなどというのはなかった。これについては評論家の間でも、純粋に踊りだけ見せるべきだという藝術派と、タッチもあるほうが満足だという性欲派とがいて、別にそれで対立している様子もなかった。それにしても、ストリップを評論する者の中には、それが単なる性欲の満足ではないということを強調し、文化であると言いたがる者がいるのは確かで、かく言う私自身、なんだかそんな風なことを書いたこともある。だがそういうのは要するにかっこうつけである。春画はポルノではない、などと言っていた評論家も同じである。

ストリップは一日の踊り子は五人から七人で、この座組を香盤《こうばん》というのは普通の劇場と同じ、一人十分程度として、このサイクルで一日に四回回すから、一人の踊り子の実働時間はだいたい一時間である。十日で香盤が代わり、踊り子は別の劇場へ行く。専属の踊り子も、その劇場で踊るわけではない。

昔のストリップはいろいろあって、踊りの合間にコメディアンが出てきてコントをしたりした。浅草フランス座でそのコント台本を書いていたのが井上ひさしだとか、関敬六とかてんぷくトリオとかがそこから出たとか、よく評論家が語っていたことがあったが、ストリップの客はコントなどはあまり楽しみにはしていない。

あとは客がじゃんけんして舞台で踊り子とやってしまう生板ショーとか、男女の踊り子がアクロバティックなセックスをする白黒ショーとか、踊り子が膣でバナナを切るといった藝を見せる花電車とかいうのが昔はあり、私もこれらは一度だけ見たことがある。しかし何といっても楽しみはタッチショーである。だが九〇年代にタッチは次第になくなっていき、ほとんどポラショーだけになってしまった。

離婚後、私が初めてヘルスへ行ったのは、離婚した翌年、大久保にある「学び舎」という店で、あまり渋谷など行きたくなかったので、「熟女ヘルス」と銘打たれていることへ出向いたのである。それは八月末の、暑さがじっとりと重みを増して退いていくそんな季節だった。最近では猛暑の夏が続いているが、この当時の夏はそれほど暑くはなかった。京王線で新宿へ出て中央線に乗り換え、大久保の駅を出て大通りを渡る。そのころまで私は知らなかったが、この通りは韓国人街になっていて、その先に新大久保駅があり、私が高校時代に毎日通ったところだ。立ちんぼと呼ばれる娼婦がその当時も夜になると出現したらしく、すすけたラブホテルと、性病専門の医院などがあったけれど、高校生当時は、暗くなるまでそのへんにうろうろしたりはしていなかった。

その先の細い道を斜めに入って少し行くと、その店はあった。左手は線路を乗せた石垣である。のち和風ヘルスと肩書きを変えることになるがその通りの和風建築のかなり古いやつで、白い壁で囲まれていて紫色ののれんが下がっている。考えてみたらこれは昭和に作られた連れ込み旅館だったのだろう。

はじめ私は、すぐ中へ入る度胸が出ず、通り過ぎて先のほうまで歩いて行った。その少し先に、日本キリスト教婦人矯風《きょうふう》会の事務所が入っている建物があった。その時から数えて五年ほど前だが、私は「売春撲滅」の論陣を張っていたことがあった。というのは、女やフェミニストに受けようと考えていたというフシが、あとから考えるとあり、最初の妻の意向に迎合するようなところもあったのだが、自分としていささか滑稽な正義感に燃えていたということもあった。それで、明治期の廃娼運動に関心をもって、運動家の一人である救世軍の山室軍平について調べ、神田の救世軍へ行ってビデオを買ってきたりしていたが、いくらか自分に酔うところもないではなかった。

ところがちょうどそのころ、風俗ライターの杉村という男が、売春合法化と、娼婦を差別するなという論陣を張り始めて、私も攻撃された上、私が東京へ帰った当時私に近づいてきて何かと媚びを売るようなことをしていたT大院生の池袋和美という女が、どうも世間的に売り出したいと焦っていたらしく、杉村に傾倒して私と意見が対立した。

池袋和美は、私が飛田遊郭を見に行った話をして、

「でも中へは入らなかったけど」

と、つまり女を買わなかったと告げると、

「良かった」

などとつぶやいたことがあり、そのことを指摘したらぷっつり音信がとだえたと思っていたら、私が出した本のあとがきに謝辞を書かれたと言って、私と出版社に内容証明を送ってくるなどというバカなまねをして、ごたごたしたことがあった。

今でもそうだが、「差別」という言葉に反応して頭に血が昇ってわめき散らす評論家ワナビみたいなのがいて、どうも彼らには「差別スイッチ」みたいなのがあって、「これこれが差別されている」と誰かが言うと、そこへわーっと押し寄せるような風があり、その当時、小さな界隈ではあったが、「セックスワーカー」というのが「差別」されているということになっていた。その差別されている対象は、いつしか英語

で呼ばれるようになるというのもおかしな話である。

売春というのは、どうしたって後ろめたいものであって、しかしながら売る人はなくならないものでもある。だからそれから三年ほどたつと、私は売春撲滅論を偽善だとして撤回することになるのだが、実際にはこの時点でヘルスへ足を運んでいたのである。そこにまた、二年ほど前には熱心に問い合わせなどしていた矯風会の建物があるのも皮肉であった。

もう暗くなってきつつあり、人通りがさほどではないがあるのが気になったが、その先まで歩いて行くと、金管楽器の店があり、チューバやトランペットのような金色の楽器が、夜目に金と黒にくすんで見えた。しょうがないので私は踵を返し、すっすっと足を運び、いかにも物慣れたという風にその紫色ののれんをくぐった。中は敷石のある小さな庭をはさんですぐ入り口である。少し胸と脇の下に汗をかいた。

実は大阪へ行った当初、私はいっぺんだけヘルスに行っている。連休前の新人歓迎の宴で同僚の平木に恫喝されて、帰省して帰ってきてからも胸のざわめきが静まらずに、十三のサーフサイド6という昔のテレビ番組の名前を使った店へ行ったのである。この店名は実名だが、さすがにもう存在しないだろうから使う。その時の私は三十一歳で正真正銘の童貞、そこの女とキスをしたのも初めてのキスというありさまで、さらにさらに、初めて全裸で体をあわせて、ペニスまでしゃぶられたのだから、夢見心地、もしそのあと、私のペニスから出血するという事件が起きなければ、私はヘルスが病みつきになっていたかもしれない、というような具合だった。しかも、それから一週間たった土曜日、どうやらペニスの出血は傷がついただけのことらしく、それも治ったと思うや、再びサーフサイド6に行って、その「初めて寝た」女に報告しようかと思ったほどで、つまり女が初めて寝た男のことは忘れないという俗説があるように、私はこの時だけは、何やらその女が忘れられないような気分になっていたのである。

人はセックスをするとオナニーも余計するようになるという。のど元過ぎれば熱さを忘れるで、ペニスの出血は心配ないらしいと分かると、また勃然と艶舗に行きたくなった私は、サーフサイド6はいわゆる風俗情報誌でちゃんと調べて行ったのに、今度はただ漠然と、梅田の駅から、『曾根崎心中』のお初のでっかい絵の看板がかかった曽根崎新地のあたりをふらつき、妙に怪しげなヘルス店へ入ると、怖いお姉さんから、ここの子みんなエイズにかかってるわよなどと言われて震え上がり、遂にそれ以来ヘルスへ行くことなくその時まで来たのであった。

ストリップのピンクルームはコンドームを装着した上でのことだが、普通のヘルスでは生サーヴィスである。客からヘルス嬢に性病がうつることはありうるが、ヘルス嬢から客にうつるというのはまずない。唾液はバケツ二杯分くらいないとうつらないと当時言われたものである。

当時のストリップのタッチショーでは、客が踊り子の陰部に触ることもあり、中には指を入れさせるのもいた。入れたあとで、自分の指を不安げに見つめているおじさんを見て、ああ、傷がないかどうか確かめているんだなと思った私も不安になり、帰宅したあと、不安神経症のために、ああ、今のでエイズがうつったに違いないとパニックになったこともある。

だから、艶舗へ行かないとか、撲滅を唱えたりする中には、病気への恐怖からというものもあり、そこに何やら正義感やら女の知識人らへの媚びなどが混じっていて、まことに始末に負えないものがあるのである。

とはいえ、それから十年ほどがたち、ヘルスで性病をもらってくるということもあまりあるまいと思うようになった、のではあるが、やはりしげしげ通うというのは恐ろしいものがあったから、せいぜい一年に一度だったのであるが――。

さて、熟女ヘルス学び舎だが、引き戸を開けて入ると、狭くて汚い玄関口が現れる。靴を脱いで上がると右手の窓口からおじさんが顔を出すので、「三〇分」と時間を言うと、「ご指名はありますか」と訊かれ、いや別に、と言うと、四人の女の写真の貼ってある板を出して、どの子が、と言うので、じゃあこの子、と適当に選ぶ。

このころからインターネットがＡＤＳＬから光へと変わって、常時接続状態になるのだが、この当時はまだ学び舎のウェブサイトはなかった気がする。

だいたい、ヘルスへ行くというのは、演劇や遊園地に行くのとはわけが違う。確かに大阪で初めて行った時は、よし土曜に行くぞと決めて、前日は風呂に入り、歯まで磨いて行ったものだが、一般的には、二日前から予定を立てて行く、というようなものではない。ああ今日は暇だし体調もいいがいらつくからいっちょうヘルスでも行くか、といった感じで行くはずのものだ。これから三年ほどあとだが、婚活のはずが単なる出会い系を使っての複数の女とのセックスの日々、夕方に上野で会った女が、今日はお茶だけで帰る、と言って帰ってしまい、準備してきた性欲のやり場がなくなって、学び舎へ足を運んだこともあった。

しかし、ソープランドで総額七万円もするところへ行くとなると、そうもいくまい。初回であれば、ウェブサイトで気に入りのソープ嬢の見当をつけ、その子の出勤日にあわせ、予約をとって行くことになるのだろう。私もこのあと、さるソープ店で、まるでどこかのお嬢さんかのようなソープ嬢を見つけてずっとお気に入りにしており、機会あらばと思っていたことがあったのだが、するうちにいなくなってしまった。かつてソープの常連だった古い友人に訊くと、それは「ぴんくちゃんねる」というところで、××の××さんはどこへ移籍しましたかと空気を読みつつ質問すれば答えてもらえるということで、そのぴんくちゃんねるを覗いたら、聞くまでもなくその嬢の移籍先と新しい源氏名までは分かったので、新しい店のウェブサイトへ行ってみたら、以前とはまるで違った、いかにも娼婦であるという雰囲気になっていた、ということがあった。

ソープランドは時間が長いので、二度発射してもいいのだが、私にはそんな精力はないし、恋人相手ならともかく、艶舗で発射したらすぐに軽い罪悪感が襲ってくるので、ありえないのである。また、ヘルスですぐいってしまうともったいないので、行く前にオナニーしてから行くなどというのもいるが、これは強者で、普通はオナニーしてしまったら、ヘルスへ行く気分自体がなえてしまう。

さて学び舎であるが、これは実に汚いのである。私の知る女というのはたいてい潔癖症だが、これが宿屋なら、たちまち逃げ出すだろう。玄関のすぐ先の左手には、三畳ほどの待合室があって、そこで待たされるのだが、テレビとテーブルがあり灰皿が置いてあるから、そこで煙草に火をつける。すると壁には「本店はハードサービスです。手の爪は備え付けの爪切りできれいにお切りください」という張り紙がしてある。

初めての時は、ハードサービスとは何であろうかとややおびえたのだが、これはコンドームを着けずに行うということであり、また客側が女の子の陰部をいらってもよい、ということで、そうでなければこちらの手の爪のことなど書くわけがない。

煙草を一服したかしないかに、「女の子が参りました」という声で、あわてて煙草の火を消して立ち上がると、そこの廊下に、浴衣を改造した、青色とか桃色の和服を着た女が座って、よくいらっしゃいました、よろしくお願いします、と頭を下げている。ここで私は、落語でお大尽のふりをする与太郎みたいに、鷹揚に構えて、彼女の後をついていくと、階段を昇る。この階段がまたどう見てもゆがんでいるからすごい。部屋がいくつあるか分からないが、板敷きで布団というか薄縁《うすべり》が敷いてあり、小さな机がある。窓はどうやら板を打ち付けてあるらしいが、閉塞感はない。ちらりと天井を見ると、蜘蛛の巣の痕跡みたいのが見えるというすさまじさだが、女の人自身は、熟女といっても四十過ぎの醜いおばさんなどではなく、二十代後半の普通の、ちょっといい感じの人で、どうやらここでは、二十代後半になると熟女扱いしているようだった。

だがそれが良くって、その後ほかの店、ヘルスのみならずキャバクラへいっぺんだけ行ったりしたが、十八から二十歳などという女は子供っぽくて私の気には入らず、学び舎の女の人はいいのであった。しかし、和風ヘルスのはずなのに、スペイン風の音楽が流れていたのは、考えてみたらここで邦楽が流れていたらはまり過ぎてかえって変なので、これでいいのである。光量も適度で、桃色っぽい。

服を脱いで、部屋の外にあるシャワーを浴びるが、そこで女の人がコップにイソジンを入れてシャワーの湯を入れ、私に手渡し、私はそれでうがいをする。そして女の人はすでに勃起している私のペニスを、しゃがんでしゃぶってくれるという手順で、それから体を拭いて、室に入って布団に横になると、浴衣様のものを羽織った女があとから来て横になり、キスをしてからゆるゆるとフェラチオに移る。快味である。

終わると静かに口中の精液をティッシュに出し、またシャワーを二人で浴びて、部屋へ戻って私は服を着、女の子は浴衣を羽織る。まだ時間が残っているので、机の前この時の子は「くみ」という源氏名で、名刺があり、普通の名刺より小ぶりで、縁が丸いもので、その裏に「とても紳士的な方で楽しかったです。また来て下さいね」などと書いてくれる。

実はこの学び舎が「穴場」で、のち道玄坂のヘルスへ行って失望したりしてから、それに気づくことになる。道玄坂ではじめ、あの道頓堀劇場の近くのヘルス店へ行き、マジックミラーにでもなっているのか、昔の吉原みたいに女の子らが座っているのを見て選んだのだが、通されたのはベッドとシャワー室のほかは通路だけという閉塞的な室で、来たのはさっき見た子と同じとは思えない、とはいえいささか知的な感じで、美術学校へ通っている、などと言っており、しかしコンドームをつけた。当時すでにゴム製ではないシリコンのコンドームも出ていたはずだが、ゴム製だったから、これは油がついているので、それをウェットティッシュで拭うと、スパッ、スパッというバキュームフェラである。これは好きな男もいるようだが、要するに早くいかせてしまうためのもので、あっという間に出してしまい、おしまいであった。

一番ひどかったのは大塚である。大塚には艶舗街があり、一度行ってみたいと思い、ネットで「和風ヘルス」というのを見つけて（私は和風が好きなのである）、行くと、写真で選んだのとは似ても似つかない韓国人の固太りな女が来て、しかも部屋ではない、通路の脇の畳を仕切っただけという、行ったことはないがピンサロに毛の生えたようなもので、シャワーもなく、ただ女がこちらの体をウェットティッシュで拭き、コンドームにバキュームフェラで、これは辟易した。

まあネットで評判を見ればいいだけのことで、満足度の高いヘルスは新宿あたりにもっとあるのだろうが、そうこうしているうちに、デリヘルというものがはやり始めて、しかしホテルにヘルス嬢を迎えたりするのが面倒だし、結局二回以上行ったのは学び舎だけであった。

その一方で私は、新たな結婚相手を探すべく動き始めたのだが、これはさすがにうまく行かない。美貌の編集者にさりげなく言ってみると、「私は先生をたいへん尊敬しております。ご冗談なのはよく分かっております」と、さりげなく振られた。

非常勤講師をしていた母校の、出身研究室で毎週会う三人組の女子院生がいて、その一人の惟任真麻理というのに目をつけたのである。これで「これとうまおみ」と読む。顔はまん丸だったが、お嬢さん風だったし、東京郊外に割と広い敷地で、女系で受け継がれてきた実家があるというので、狙いをつけた。

真麻理には結婚している姉がいて、子供ができたところだというのだが、

「誰かいい弁護士いませんか」

などと言う。跡取りができたから、姉の夫の「馬の骨」を追い出したい、と言うのである。私は冗談とは思いつつ、ちょっと怖かったが、私は根にマゾがあるので、こういう女王様的なところにひかれてしまうのである。

今では新しい建物ができてそちらへ移ってしまったが、当時はまだ私が院生だったころと同じところにあって、ただし私のころは学生室だったところがパソコン室になったため、事務室が人の屯する部屋になっていた。惟任真麻理のほかに、真室久美、工藤恵という三人組で、当時三十歳を少し出た法学の和歌山という男の講師がイケメンだとかきゃあきゃあ言っていた。真室久美は、三田大学から進学してきたのだが、そこの牛虎教授という、私より少し年上の有名教員のところから逃げ出してきた子だった。工藤恵のほうは、無自覚ななんとなくリベラルで、学問的には大したものではなく、当時都知事だった石原慎太郎の悪口を言って、あたしの周りに石原を支持し

ている人なんかいないのになんで当選するんだろう、などとバカなことを言っていたから、私が、私は支持してるよ、と言うと、あ、ここにいた、などと言っていた。

彼女らはちょうど修士論文を書いているところだったが、私は春休み前に、真麻理にさりげなくメルアドを訊いた。ちょっと変な顔をしたが、教えてくれた。

こちらはさりげない風を装っていたのだが、意図はバレバレだったようである。「修論の具合はいかがですか」なんてメールを打つと、「なんとか通りそうです。ありがとうございます」という慇懃な返事が来た。あと一往復くらいしたのであるが……。真麻理は無事、博士課程に進学した。

四月の新学期になって大学へ行った。その前年から禁煙の波が押し寄せていて、私がいつも休み時間に行く秘書室も禁煙になり、壁に「禁煙」という張り紙がしてあったのだが、長くいる女性秘書のおばあさんが、藤井先生は特別に、と言って灰皿を出してくれていたから、私も喫っていた。その日も惟任真麻理はいたが、狭い部屋ながら私から遠くに座って、私のほうを見ないし、何も言わない。

（これは、まずいな…）

と思った。学生時代に、好きな女の子から冷たくされたのを思い出す、やや懐かしい気分でもあったが、それはわずか。私は三コマ、一年生相手に英語を教えている私は、その日の授業が終わるとまたこの秘書室へ来て、だんまりを続けている真麻理を横目でにらみながら喫煙していた。

するとまた突然真麻理が、「藤井先生」と声をかけたから、私は浅ましくも、はいはいはい、という風に向き直った。すると、

「ぶおくんうぃんどーずせりーってご存じですか」

と言うから、聞き取れず、「ぶおくんうぃん?」と言うと、呆れたぜという顔つきで、もういっぺんゆっくりと、

「broken window's theory です」

と言い、

「ニューヨークでは地下鉄に落書きがたくさんあったりしますよね。あるいは一箇所にゴミがたくさん捨てられていたりします。さて、ニューヨーク市長はこれを解決するためにあることをして、落書きはなくなりました。それは何でしょうか」

どうもこの辺から、何かよからぬことが起こりつつある、という予感はしたのである。が、とりあえず、おそるおそる、「落書きを消す?」と言ってみたのではあるが、

「当たりです。broken window's theory というのは、割れた窓をそのままにしておくと、ここは好きなことをしていい場所だと思われて治安が悪化するということです」

そこで一調子声をはりあげると、

「ですから藤井先生」

と言って張り紙を指さし、

「禁煙と書いてあるところで煙草を喫わないでください！」

私は唖然として、ともかく何ちゅう性格の悪い女であろうと思ったが、それはある程度分かってはいたのである。私はマゾなのである。かといって、秘書のおばさんが認めてくれたのだと抗弁するのも虚しく、黙って席を立って、家路についた。

その晩は、振られた上に、もうあそこで喫煙できないということは私には憩いの場がなくなってしまったという失意と憤懣とで、インスタントラーメンを作ってふて寝した。私は酒を飲まないので、こういう時はインスタントラーメンを喰うのである。

私はカナダへ留学した時、最初は寮に入れなかったため食事で苦労して、夕飯を終えると、ああやっと今日の食事が終わったとほっとするほどだった。大阪へ行ってからは基本的に一人暮らしだったが、近所の喫茶店で日替わりの夕飯を摂るのが普通になっていて、しかし、いったん大学を辞めて東京へ帰るとなったら、とたんにその喫茶店へ行くのが嫌になって、自室で食べるようになったのは、よほどいやいや行っていたのだろう。そのころから次第に、禁煙の店が増えていくのだが、当時はまだそんなこともなく、E町ではいくつかの外食の場所を確保して、時には弁当を買ってきたり、レンジご飯に缶詰やレトルトもので夕飯を済ますといったサイクルに落ち着いていた。

E町は駅の北側を井の頭通りが走り、これと交差して南北に商店街通りがあって、そこを南へ下ると、E町の名前の由来であるE寺があるのだった。そのあと、私は文学者の伝記をよく書くようになるのだが、中川一政とか米川正夫とかいった文化人も、昔はよくこのあたりに住んでいるのを発見した。南へさらに下っていくと甲州街道にぶつかり、そこを東へ行くと茗渓《めいけい》大学のキャンパスがあって、私は東京へ帰ってきてから、週二回、お茶の水とここの茗渓大で非常勤講師をしていた。しかし、E町から東へ一駅行ったのが茗渓大前駅なのだが、その位置関係がはじめよく分からず、茗渓大前駅は甲州街道の南にあるから、線路はどこかで甲州街道を越えているはずなのだが、茗渓大前駅は谷底にあり、下をくぐっているようだ。だが井の頭街道を東へ行っても、途中で電車の線路とは離れてしまうし、そのへんがどうなっているかはよく分からない。さる若い女が、男の陰部と尻の間がどうなっているのか分からなかった、と言っていたことがあるが、何だかそんな感じである。

私のアパートから南へ行くと、その商店街沿いに中華料理店があり、昔ながらの油がぎとぎとしているような店で、はじめはここでよく食べたが、いかにも健康に悪そうだった。四十前後くらいの夫婦者らしいのが厨房でせっせと働いていたが、奥さんのほうは器量も良くなく、時どき夫に小言を言われている風で、いつもつらそうな顔つきをしていたから、私はついこの奥さんがこの男に嫁いだ経緯など想像してしまうのだった。不器量で学歴もないだろう娘さんが、「マジメな人だから」とか言われて、まあそれほど顔も悪くないしというので嫁いできた、というような…。

このあたりは古い中華料理店が多く。私のアパートから直近のところにある店は、いかにも古ぼけて、表に向けてしつらえられた持ち帰り用の窓口はぼろぼろになって使われておらず、老夫婦がやっていた。はじめはそこも行っていたのだが、ある時、嫌なことがあって疲れて昼食をとりに入ると、チャーハンのスープにゴキブリの子供が入っていた。私は店のおばさんに、そのことを告げると、黙って店を出た。保健所に連絡しようかとちらっと思ったが、老夫婦がやっている食堂にそういうことをする気にはなれなかった。

そのうち、駅の前の通りを渡ったところのコンビニの隣の地下に「綺紗羅」という中華料理店があるので、そこへよく行くようになった。こちらは広くて、メニューもあっさりしており、どちらかというと大勢で来て酒を飲むような店だった。そこでご飯に青椒肉絲《チンジャオロース》とか酢豚とかを頼み、時にはゴマ団子を誂えるのだった。ところがここはどうも店員が居着かないのである。店主の料理人はいつも中にいて、店員はほぼ女なのだが、はじめいた四十がらみのおばさんは、食事を終えて精算しようとすると、レジを打ち間違えて、「ユミちゃん！　ユミちゃん！」と叫びながらどこかへ行き、そのユミちゃんという中国人らしい子が来て改めてレジを打ち直すとか、そんな感じだった。

そのうち、新しい女の子が店員になり、ちょっとかわいかったので名札を見ると「次郎丸」となっていて、珍しい名前だね、などと話をしたりした。ところが一年ほどで次郎丸さんもいなくなり、その後そこで酢豚を食べていたら、肉が古いことに気づき、どうも嫌になって綺紗羅へ行くのはやめにした。

綺紗羅の向いに、E町の図書館のほうへ行く斜めの道があって、そのとっつきに、そばなどを中心としたこちらは新しい和食店があり、ここは夜は閉まるので、昼食によく使った。もう少しあとのことだが、老夫婦、といっても六十くらいだろうか、向かい合って話していて、夫が、辻井喬の『父の肖像』の話をしていた。どうやら夫は、週刊誌か新聞で紹介記事を読んだだけらしく、いろいろとしゃべりながら、妻が、それで何々なの？　と訊くと、いや読んでねえから知らねえけどよ、オヤジのことだから悪く書かねえんだな、などと饒舌に語っていた。

その脇に細い道があって、和食店の裏には珈琲店があって、時おり編集者との打ち合わせに使った。さらにその奥へ行くと、向かい合わせに、大衆的で近代的な中華料理店と、ひっそりとしたハンバーグ店があり、E町在住の最後のころは、よくこのどちらかで夕飯を摂った。ハンバーグ店は、和洋折衷の適度な夕飯を出してくれるところで、目の前でおじさんが大きな鉄板で、ハンバーグや肉料理を焼いてくれる。好きだったが、もやしが多く、もやしを残すと、おじさんが「もやし、嫌い？　これ、結構いいもの使ってるのよ」などとお姉言葉で話しかけたりした。

さて、惟任真麻理にひどい目に遭わされた私は、それから十日くらいあとに、また学び舎へ出かけた。今回は前より美女風の、しかし普通な感じの女性で、学び舎は外れがない。何度か学び舎へ出向いたうちに、女性が、「あのー、アナル攻めってオプションもあるんですけど、どうします？」と訊いたことがあった。私は怖かったので断ったが、あとで、やってもらえば良かったと思ったのは、その年末、ミクシィで知り合った女とセックスした時にアナル舐めをされてそれが良かったからで、ただしこの女とは恐ろしい結末を迎えるのだが、それはまた別の話としよう。

この時の女性は、素股をやってくれた。陰部にローションを塗って、ペニスにこすりつけるのである。これは気持ちは良かったが、病気が怖かった。これならちゃんとコンドームをしてセックスしてしまった方がいいかもしれないと思った。

そのころ母校のキャンパスは整備が進み、私がいたころの施設が次々と閉鎖、取り壊しされて、駒場寮などは左翼の巣窟になっていたのが強制撤去されて、教員たちと左翼学生の小競り合いがあったりした。私がいたころの生協も閉鎖されて、向かいの駒場寮があったところに、白々とした新しい建物ができた。禁煙の場所が次々と増えていき、図書館の前に作られた喫煙所も撤去され、隠れて喫煙するほかなく、その隠れる陰影自体がなくなっていった。そのころ、不審者を見かけたら通報して下さいといった文言に対して、教授の一人が、怪しい者がうろつく場所が大学なのではなかったか、と学部報に書いたりしたが、そういう声は黙殺され、官僚的な教授連と、これに追随する小心な教員たちによって、大学は陰影を欠いた場所になっていき、これから五年後、私は大学を去るのである。

その、今では閉鎖されてしまった生協二階の書籍部で、休息のために研究室へ行くこともできなくなった私がぼうっと学術書の棚を見ていると、後ろから、「藤井先生」と声をかけられた。振り向くと、惟任真麻理である。にこにこしている。

私は、かすかに心ときめいたのを、否定できない。平静を装って、ああ惟任さん、などと、さりげない会話を交わしただけであった。

女がなんでこういう行動をとるか、そのころ私はネット上の相談への答えで知っていた。半ばからかっているのであり、また自分の周囲に崇拝者を置いておきたいという心理であるらしい。

ところがその後、私は知らなかったのだが、真麻理は指導教官からセクハラだかアカハラだかを受けたらしく、その教授は生え抜きではなかったのだが、二年くらいあとに出身大学へ戻っていき、真麻理は欧州へ留学して、未だに博士論文を書き続けているらしい。

　そのころ私は、年に二度ほど、京都にある国際京都学術所の研究会に出ていた。これは私が大阪へ行く少し前に設立されたもので、その年から、主催者が変りつつ断続的に私は出席していた。だがこの研究所は、京都の西の桂駅からタクシーで行かなければならない辺鄙なところにあり、はじめバスで行ったら大変遠回りだった。

　その当時は、もともとフランス文学をやり、小説など書いていたのが、いつしか日本近代文学の研究者になったそこの教授の高橋幸美という、女と間違われそうな名前の人がやっている研究会に私は所属していたのだが、どうもこの高橋という人は、神経質で、いつも怖い顔をしている人だった。高橋はもともと全共闘の学生運動家だったのが、挫折した上、保守的とされる研究所に勤務したため、ゆがんでしまったらしい、というような人間だった。

　私は大阪時代に汽車恐怖症になり、ひかり号などの長時間停車しない列車には乗れなくなっていたから、遠距離離婚時代もこだまで大阪との間を往来していた。それでも、米原―京都間は三十分近く停車しないので怖く、米原から各駅停車に乗り換えていた。離婚をしたころから汽車恐怖症は緩和されて、静岡止まりのひかりにくらいなら乗れるようになってはいたが、東北・長野・上越新幹線は禁煙になってしまったため、この方面は行けなくなってしまった。

研究会は毎月開かれる感じだったが、だいたい関西の人が中心で、私も大阪にいた時はよく出ていたが、東京へ移ってからは、春や夏の休みの時だけの参加になった。その年は九月のはじめに、私も面識のある日本近代文学研究者で貴族院大学教授だった六田祐介先生が研究発表（要するに話）をするというので出席することにした。

その時私は、性的にアクティヴな状態になっていた。そのせいか、京都へ行ったら五条楽園に寄ろうと考えついたのである。五条楽園は、あまり知られていないが、飛田などと同じ「ちょんの間」であり、調べていてそういうものが京都にあることを発見したのである。昔は七条新地といったらしいが、移転したのであろうか。

飛田のちょんの間街は、大阪にいる間に見に行ったことがある。だが、適当に見当をつけて行ってもどうしても見つからず帰ってきたことがあった。大阪の天王寺駅の西側にはスラム街があり、天王寺駅構内でも、私はトイレで、体を半ばむきだしにして小便をしている男の、まるで皮のようになった垢のついた姿を見た。

その後、取材に来た記者に場所を教えられて行った。なるほど、高級住宅街の下にひっそりと隠れて存在しているようで、かなり広いのだが、教わらなければ行き着けなかっただろう。「弥生」「藤村」などいかにも和風の店名の軒灯が掲げられた小さな店が櫛比し、店の正面にはきれいな感じの女性が座り、脇にやり手のおばさんがついている。

だが、飛田はあまりに有名な上、大阪は部外者である私には敷居が高く、入ることはなかった。代わりに、五条楽園を見に行って、感じが良かったら上がってみようと思ったのである。もしそうなったら、私としては初めて、売春防止法に定義される売春に関わることになるわけである。

研究所は、このころ屋内禁煙になってしまい、休憩時間になると、建物の外に設けられた喫煙所で数人が喫うのであった。もっとも屋内に、隠れ室みたいな部屋があって、高橋幸美がそこで喫っているのを見つけて、私も行って喫ったが、高橋とは会話はしなかった。別に私のほうで含むところがあったわけではないのだが、私にはまるで寄りつけない雰囲気であった。

六田先生はまともな人だったので、話が終わると二言三言言葉を交わしたが、研究会は土日の二日にわたって開かれ、一日目の夜は京都で飲み会があった。私はいつも、京都に一泊しつつ、二日目は参加せずに帰ってしまう。汽車に乗るだけで疲れるので、日帰りはできないのである。

六田先生は飲み会には来なかったが、その日は、明治の廃娼運動についての基本書を書いた七十歳くらいの梅村宮人先生と、こちらは六十歳くらいの演劇学者の早川源一郎先生とが参加しており、早川先生の娘さんで、九州の大学で教え始めたばかりの、二十代後半くらいの澪子さんというかわいらしい女性もいた。ところが、梅村先生というのは酒ぐせが悪いらしく、酔って、早川澪子をさして、

「ああっ、これはええ子や。わし気に入った。わしの養女にするで」

などと怪気炎を上げ始めたから、ああこういう人だったのかと、この人にあまり業績がないわけを私は理解した。早川先生は苦笑していたが、森広美さんという、地方の大学の教授をしている、五十歳くらいだがなかなか美人の先生がいて、「あの梅村先生、お酒」と言ってお酌すると、「あんたみたいなおばさんはええんや、わしはこの子が気に入ったんや」とまで言うから、みなあまりのことに笑いこけるほかなかった。

私が宿泊するのは、京都市内の西院にあるリノホテルになるのが普通で、直前に

なって予約するから、その辺しか空いていないのである。西院なので「犀」、犀はライノセラスなので、「リノ」というわけだ。こんな風に、ホテルに一人で泊まるのが、私は好きだった。家にいるとさまざまにモノがあって気が散るからである。

桂駅は阪急線である。大阪から阪急線で京都へ来ると、終点は繁華街の四条河原町になる。関東へ帰るために京都駅へ行くには地下鉄を使うのだが、私は途中でＪＲに乗り換える秘技を知っていて、それは阪急大山崎《おおやまざき》駅で降りて、ＪＲの山崎駅まで歩くのである。これは意外に近い。こんなことを発見したのも、大阪で精神を病んで、気晴らしのために山崎あたりを徘徊したためである。

翌朝、起きて近所の喫茶店でトーストの朝食を摂って、ウォーミングアップのためにデラックス東寺へ向かった。四条河原町から地下鉄で京都駅へ出るのである。南口へ出て、右へと歩いて行く。しかし、デラックス東寺は、オーソドックスなストリップ劇場ではなくなっており、「素人大会」などという面白くもないものをやっていた。一時間半ほどいて私は切り上げ、外へ出た。いい天気だった。

京都駅南口の側の駅構内に商店街があり、西側から入ったとっつきに軽食店があったので、そこで軽くピラフを食べた。それから地下鉄で五条駅まで行って、まず五条大橋まで行き、その西側を、南へ下る細い道があるので、そこを下っていった。こういう時は一本でも道を間違えると見つからないので、慎重にやった。少し歩いていくと、あっ、ここだなと思った。だが、何も知らずに歩いていたら、間違いなく見過ごしていただろう。ほとんど人通りのない、忘れられた地域みたいなところだが、飛田と同じ、「如月」のような軒灯が見つかった。それはずらりと並んでいるわけではなく、実に散漫に、あちらこちらに、いや私が確認できたのは三軒ほどでしかなく、それより先へは行かなかった。

留学から帰ってきた秋、先の見通しもないままに実家でぼんやりしていたころ、三十歳になって童貞だった私は、『シティプレス』などのいわゆる風俗情報誌をひそかに買ってきて、吉原のソープランド「銀馬車」を紹介する、下着姿の女たちの写真を見て、カネさえ出せばこの女たちとセックスができるのだ、と思って興奮した。しかし、実際に行く度胸はなかった。

「扶桑」という店をのぞくと、うす汚れた和風の建物の、土間の向かいの壁に「一時間　四千円」と書いた紙が貼ってあった。醜い顔のおばあさんが出てきた。五条楽園は飛田と違い、揚屋と置屋が古風に別になっていて、あがって呼んでもらうと、和服姿で女の子が歩いてくる、ということだった。

私は、「この四千円ってのは、いくらですか」と訊いた。変な訊きかただが、実際に四千円のはずはなく、ソープなら入浴料の三倍が実際にはかかる。店では売春をしていないという建前のためで、残りがサービス料で、女の子が自分で営業をしているということになっているからだ。おばあさんは、

「一万六千円」

と、しなびた声で言った。私は、靴を脱いで上がり、スリッパを履いて、おばあさんの後をついて奥へ入っていった。歩きながらおばあさんは、いくつくらいのどんな女の子がいいか、訊いた。私は、二十代半ばくらいで、と言い、お嬢さん風、とつけ加えた。

やはりいくらか傾いた感じの階段を昇って、一番奥の部屋へ通された。ほかに客はいないようだった。奥の部屋は細長い三畳間で、二面が窓、部屋の奥にテレビがあり、あたかも昔の学生の下宿のようだった。テーブルがあり、座布団があった。座ってガラムを喫っていると、引き戸がほとほと、と叩かれたから、あれっと思ったら、おばあさんがお茶とおしぼりを持ってきたのだった。

お茶はおいしかったが、少しどきどきしながら、十分ほど待ったろうか。窓かわは、ちょうど鴨川の上のあたりの風景が見えて、とてもこれから売春がおこなわれるという雰囲気ではなかった。すると、ほとほとと戸が叩かれ、返事をすると、「こんにちは〜」と言いながら女の子が入ってきた。和服の、普通にかわいい子で、とても売春をするようには見えなかった。

九月はじめで、猛暑ではないとはいえ、和服で歩いてくるのは暑かったろうと思ったが、彼女は座って身繕いし、暑いですねなどと話してから、じゃ、始めましょうかと言って、座布団を三つ縦に並べた。あ、ここでやるのかと思い、私はするすると服を脱ぎ、女の子も後ろを向いて、つるつるっと和服を脱ぎ始めた。裸になった私が座布団三枚の上に横になると、女の子はおしぼりで自分と私の体を拭いた。それからコンドームを準備して、ペニスを口に含んだが、ほどなく、興奮していた私はいってしまった。

女の子は口から出した精液を手早く処理すると、「タイミング失敗」などと言ったが、いや彼女が悪いのではなかった。

もう一度、とは私は言わなかった。女の子は私の脇に横になり、私はその体をまさぐった。割と毛深かった。人間の毛の数は、動物と変らない。ただひどく短いだけで、毛深いというのは毛の数が多いのではなく、それらがわずかに長いだけだ。

「どこから来たの？」

と訊いたりもしたが、これには答えなかった。これは訊いてはいけないことだったろう。言葉には関西なまりも、どこのなまりも感じられなかったが、岡山辺からでも来たのか、私はその経路を想像しようとしたが、その表情は無垢に見えて、ストリップ劇場のピンクルームで働いていた子の暗さはなかった。だが、短時間の見た目だけで人間の内面は分かるものではない。

時間が来たので、二人でまた手早く服を着ると、私は一万六千円を渡して、女の子はそれをポーチにしまった。

外へ出て、また地下鉄に乗って、私は京都駅へ来た。こうして結局、私はまたしても、本格的な売買春をし損ねたのであった。

もうそのころ、京都から米原までのノンストップは大丈夫になっていた。私は新幹線のプラットフォームに立っていた。するとあちらから、三十歳前後の、あたかもこれから結婚しようか、あるいは新婚かというカップルが、明朗な笑顔で歩いてくるのが見えた。美男美女ではなかったが、一点の汚れもない健全さが感じられた。ああ、俺も結婚したころはあんな風だったのではないか、と思い、私は階段の周囲の壁に手をついて、涙ぐんだ。それは単なる感傷だった。

新幹線の中で私は、東京へ戻ったら今度こそ、ソープランドに挑戦してやろう、と悲愴な決意を固めていた。

五条楽園は、しかし、その五年後、警察の手入れを受けて、ほぼすべてが廃業に追い込まれたということである。

さようならコムソモリスカヤ・プラウダ

その翌日は朝から雪が降ったから、その日も寒かったのだろう。私はオーヴァーを着込むと、夜十時過ぎに、近所の元コンビニへ、タバコを買いに出た。ちょうどその二週間前に、私は文壇で名誉ある、また受賞すればそれなりにカネも入るであろう賞の候補にされたが、どうやら選考委員らの憎しみをかっていたらしく落とされ、ひとしきり怒りをぶちまけたあと、確定申告のために前年の収入を計算して、これではとても一戸建てを買うなんてことはできないなあと落ち込んでいた。

「元コンビニ」というのは、もともと雑貨店だったのだろう、七年前に私が今のマンションへ越してきた時には、コミュニティ・クラブという全国チェーンのコンビニになっていたのが、その一年ほど前に、そこから離脱して一般の雑貨店に戻っていたからである。その店の脇の道を行くと、井の頭通りという大通りに出る。四年弱前に東北の大地震があって電車が止まった時は、この通りを、都心から郊外へと帰る人びとがぞろぞろと歩いており、私はその様子を見に来たものである。ちょうどその角のところに、やはり一年ほど前、ファミリーマートという大きなコンビニエンス・ストアの店が建っており、本来の名前を大口屋というその元コンビニを圧迫し始めていた。

その店の前まで来た時、私は愕然とした。閉まっていたわけではなく、入り口に張り紙がしてあり、翌々日の一月三十一日で閉店する、と書いてあったのである。いささか狼狽しながら店に入り、タバコのほかに何か買っておくものはないかと店内を歩いた。左手には雑誌類が並び、化粧品や洗剤が置かれ、さらに奥へ入ると、もう新しく入荷をしていないことが分かる、品物のまばらな棚が目についた。

店内には、おじさんがいた。七十近いのだろうか、何度か言葉を交わしたことがある、知的な雰囲気の人だった。以前、私が音楽雑誌のインタビューを受けた時に、おじさんがそれを発見して、これに出てますねと声をかけてきたのだ。もっとも、その時私は夜の散歩の最中で、金剛杖をついていたから、てっきりそれを、何ですか、と言われるのだと思って、「あ、これですか」などと言ってしまった。

私が金剛杖など買ったのは、谷崎潤一郎の伝記を書いていて、阪神間の岡本に住んでいた谷崎が、金剛杖を突いて散歩に出ていたことを知ったからで、ごく安く、通信販売で買って、夜になるとそれを突いて散歩に出ていたのは、腹が出てきてこれはまずいと思って、体重を落とすためであった。

特に買うべきものも見出せず、私はカウンターへ行って、そのおじさんに「五十二番」と、後ろの棚にあるタバコを指定すると、それをとりだしてバーコードの読み取りをしているおじさん（といって、私もおじさんなのだが、こういう時、私は自分が三十八歳くらいのつもりでいるのだ）に、「閉店ですか」と訊いた。

おじさんが店に出ているのはたいてい夜で、昼間はおばさんか娘さんがいた。もう一人娘さんがいるようだが、こちらはほとんど店には出なかった。私がここへ越してきてから七年もたつのだから、この娘さんははじめに二十歳だったとしてももう二十七にはなるはずで、おばさんと娘さんはいかにも田舎びた店の人といった小太りの二人だったが、おじさんだけが、クラシック音楽の雑誌など読むといった風の知的な感じをたたえていて、妙にそぐわないと思ったものだ。おじさんは軽い口調で、

「え、申しわけありませんが、閉めさせていただきます」

「それは、残念ですねえ……」

「え、ご不便をおかけして申しわけありませんが、もう、力尽きたという感じで。いえ本当は一年前にやめるはずだったんですがね、ちょっといろいろありまして」

「あっちに新しいコンビニができましたしねえ」

「え、まあ、あれで止めを刺されたという形でして…」

私は悄然として店を出た。この店のあるあたりは、東京西郊の、南に高級住宅街、

北にはそれに混じって安アパートなどのあるこの町の中で、昭和を思わせるひなびてかつ清潔な雰囲気があり、さまざまな物事に疲れた私は、夜半この店に来るたびに、その風情に慰められていたからである。

私と妻の間では、この店の名前を、いつしか正しく言わないことになっていた。はじめにふざけて「コムソモリスカヤ・プラウダ」などと私が言い出したのだが、それからいつしか、本当の名を言わないという了解ができた上、そのたびごとに別の名で言うということになって、「コンパラティヴ・スモーカー」とか、だいたいは頭に「コ」がつく言葉に置き換えていた。なるべく意味を持たないようにしたので、「コミュニスト・ソビエト」とかはダメなのである。しまいにはネタがなくなって、「コンパラティブ」とか「コムソモリスカヤ」が何度も出てくるようになってしまった。

さてコムソモリスカヤがなくなると、その前に置いてあった煙草の自動販売機も消えてしまった。私はガラム・スーリヤ・マイルドというインドネシア煙草と、メビウス・スーパーライトの二つを喫っている。以前はメビウスではなくベヴェルだったのだが、二年ほど前に変えた。ガラム・スーリヤのスーリヤというのはインドネシア語で太陽という意味で、喫うとぱちぱちっとはぜるから、以前はよく服に焼け焦げを作ったものだが、最近改善されたのか、そういうことはなくなった。

ガラムを喫いだしたのはちょうど最初の結婚をしたころで、当時住んでいた三鷹に、これを売っている自動販売機があり、珍しいもの好きなので喫ってみたら美味しかったので、以後続いている。どうも中毒性があるようだし、それなりに強いからまずいなと思ってはいるのだが、それより次第に入手が困難になってきている。三鷹のあと井の頭線沿線のE町に住んでいた時は、井の頭通りを渡って少し行ったところの煙草店の自動販売機にあった。そこのおじさんは身体障害者で脚が悪いようで、だいたい無愛想だった。ある時、自販機が故障しており、店の戸も閉まっていたから叩いたら、おじさんがズボンをつり上げながら出てきて、「外で買ってくんねえかな、俺いまトイレ入ってたんだよ」と言ったから、いや故障してるんで、と言ったこともあった。

当時は西Eにもガラムを売っている煙草店と自販機があったから、E町で売り切れの時は自転車でそちらまで買いに行った。そのうち、E町の自販機の型が変ってガラムが置かれなくなった。H山へ越してからは、これまた家からほどないところに、ガラムを扱っている煙草店があり、老夫婦がやっていたから助かったが、そのうちE町でも西Eでも、ガラムは姿を消し、H山の店が閉まっていた時は、自転車であちこち走り回り、結局吉祥寺まで出て買ってきたこともあって、つまり現在ではガラムは吉祥寺と渋谷の間ではここでしか売っていないようなのである。

さらに、コムソモリスカヤがなくなったため、メビウスの調達にも困難を感じるようになった。まとめて買っておけばいいと思われるかもしれないが、これでも節煙はしようとしており、まとめて買うとどんどん喫ってしまうから、なるべくまとめては買わないのである。

さて、三月の早朝である。そのころ私は睡眠時間がずれていて、夕飯を摂るとほどなく眠くなって寝てしまい、四時ころ目が覚めて、少し仕事をして、六時ころまた寝て九時ころ起きるなどという生活をしていた。その日は、起きたらメビウスが切れていて、七時ころ、コムソモリスカヤのさらに向こうのコンビニまで、自転車に乗って買いに行った。その帰路、事件は起きた。

左側の枝道から、自転車に乗った男が飛び出してきて、双方停止したのだが、男が動かないのである。映画によく出るチンピラ役の俳優に似た、細面で目つきの悪い、四十くらいの男である。

男は、道の私から見て左手に寄ったまま止まっている。私はその当時、自転車で走っていると前方から来る自転車の多いのにいらついていた。たいていは女で、女は右と左の区別がつかないらしい。ともあれ、男は本来左側へ渡って通るべきものだから、私は男の左手を抜けようと自転車を動かした。すると男が、すごんだ。

「押すなよ」

この男は「押す」という言葉を何度か使ったのだが、私にはやや意味が分からなかった。ともあれ私は、「いやあんたはこう行くもんだろう」と言った。不正に飛び出してきたのは男のほうなのである。

男の自転車は普通の「ママチャリ」などと言われるもので、荷台には買い物らしいものが入っていた。男は激昂して、

「じゃあ警察を呼べよ」

と言った。こいつはそれから二度ほど警察を呼べと言ったが、たぶん私が携帯電話を持っているとでも思っていたのだろう。それからもっぱら男のほうがべらべらと、警察はこんなもん相手にしないからな、お前のほうが押したんだから、押したほうが調書取られるぞ、とか、お前ヤクザだろう、などと言った。私はとうていヤクザに見える風体ではない。第一本当にヤクザだと思っていたらこんな風にからまないだろう。

男は、

「俺はな、悪いやつはどんどん警察が捕まえてくれたらいいと思ってるんだ」

と言った。それならこの場合悪いのはこいつなのだが、その時ふと、ああこいつは私の同類だなと思った。私も、悪いやつはどんどん逮捕してほしいと思っているくちだからだ。だがこの男の場合、自分が悪いと思ったら素直に謝るということができない。それは私が、修練して身につけたものである。ただし、悪いと思わなかったら、世間が何と言おうと譲らないので、世間の人は私がそういう人間であることになかなか気づかない。


考えてみたら、この男は、自分が悪いことは認めていて、居直っているのである。私はそれまで、自分が悪いことを認めようとしない人物は何人も見てきたが、自分が悪いことを認めた上で、警察を呼べ、と居直る人間は初めて見た。ＤＱＮの世界には、しかしそういうのはたくさんいそうだ。


らちが明かないので、私はやはりそいつの左側をすり抜けて、自転車を走らせると、そいつはあとから追いかけてきた。そして、

「なんだ、警察呼べよ、あんだけ強いこと言っといて」

などとごたごた言い続けるので、黙って逃げた。途中でそいつも諦めたようであった。

何しろ険呑なので、それから以後、そのコンビニのほうへ行くのがいくらか怖くなった。

反対側のほうへ行くと、ガラムを売っている煙草店なのだが、五月ころ、行くと店が閉まっていた。以前やはり閉まっていた時にあちこち自転車で走り回ったが、どうもその当時は渋谷か吉祥寺へ出ないとガラムは手に入らないということが分かっていたから、私は電車で吉祥寺へ出て一カートン買ってきた。往復で十五分くらいである。

そのカートンがなくなるころ、店へ行くと、おばあさんではなくおばあさんが出てきた。これはおばあさんの娘らしく、前にもおばあさんが病気の時などに手伝いに来ていた。ところがこの時訊いてみたら、おばあさんは具合が悪くて入院したとのことだった。

また店が休みになり、私はついに通信販売でガラムを購入した。それが切れたころ、たばこ店が開いていたので入ると、またおばさんのほうであった。そして、おばあさんはもう亡くなったと聞かされたのである。

八十代の後半くらいだったろうか、おじいさんのほうは九十近く、ここ数年はぼけているようだったから、元気だったおばあさんが先に死んでしまったのは意外で、ショックでもあった。いつ死んだのか正確に聞きたかったが、あまりそういう雰囲気ではなく、私は自宅へ帰ると、灰皿に線香を立てて火をつけ、おばあさんを一人で弔った。

煙草店は、再開すると言っていたが、結局されず、店の前には煙草のじゃない飲料の自動販売機がずらりと並ぶようになり、一年ほどたった。その間に色々なことがあったがそれは省く。八月はじめ、あまりに暑かったので、私は夕方になると図書館へ行くことにしていた。その日もそうだった。

図書館は踏切を渡ったところにあって、隣に中学校があったから、下校時間に当たってしまうと、中学生たちがぞろぞろと踏切へ向かうのが、自転車で帰ろうとする私の邪魔になった。ある時など男子中学生数人がふざけていて、脇を通り過ぎようとした私の自転車に当たったこともあった。しかもそれが左側通行なのが気になって、何度か学校に電話して苦情を言った。だがいつも教師らは会議中で、事務の女の人が出た。あとで女性の校長の留守電が入っていて、「踏切内でふざけないよう生徒に指導しております。申し訳ありません」と言っていたが、私は踏切内のことは言っていないのだ。

警察に訊いてみると、左側通行でも白線で区切られた路側帯の中ならいいということだったが、ごく狭い路側帯の中を三人から五人くらいでかたまって歩くのだから、まずはみ出しているのだ。

帰る時、踏切が閉まっていた。その日、気候が不順だったせいか、電車の運行に乱れが生じていたようだ。踏切の前は道ひと筋があいていて、その手前に、自動車が停車していた。だがそれが、左側へはみだしていて、脇を通るのは困難だった。以前もこんな風に自動車が停まっていたことがあり、私はまたかとむっとして、無理にその脇を通り抜けた。自転車が車に当たったが、私は運転手に向かって「はみ出すな！」と叫んだ。あちらでも何か叫んでいた。踏切の前まで来ると、その運転手は自動車を降りて、私のほうへ来ると、文句を言い始めた。オレンジ色のシャツを着た、あまり柄のよくない、かといってヤクザというのではない、千代の富士風の眼付をした、三十代後半かという男だった。

私は、はみ出していたあなたが悪いんでしょう、と言った。男は、それは反対側から来る車がいるからしょうがないんだ、と言い、私の襟をつかんだ。

「暴行罪だぞ」

と言うと、

「殴ってないから暴行罪じゃない」

と言う。あとで調べたら、着衣を引っ張るのは暴行罪に該当した。

言い合いをしている間に、踏切があいたら行ってしまおうと思っていたのだが、さっきも言った通りあかずの踏切になっていてあかない。そこで私は左方向へ行ってしまおうとしたが、男は自転車を押さえて、待てよと言って捕まえる。これでは強要罪も加わる。

男は、「お前免許持ってないだろ」と言うから、いや持ってるよと言ったのだが、視力の矯正が効かなくなってもう十五年くらい前に失効しているし、免許取得以後運転したこともない。まあ、自転車が道交法で軽車両扱いされるのは知っているが、私はそういう自動車を保護する警察のやり方自体が気に入らないのである。

男は、じゃあ警察呼ぼうと言い、車にあるらしい携帯を取りに行ったから、私はそのすきに逃げようとした。するとまた押さえに来る。これを三回繰り返したが、最後などは、かなり遠くへ行ったなと思って自転車を発車させたのだが、全力疾走してきて止めた。いったい何がしたいのだ。

　私は、とにかくいったん家へ帰って、警察に電話して意見を聞いてみたいと言い、自身の名前を証明するものを出そうとしたが、するとあちらは突然あわてだして「だからそういうことじゃなくって」などと声を張り上げ、

「じゃあ警察に訊いてあんたが悪いって分かったら謝りに来るってのか、そんなことできないだろう」

　と言うから、

「いやできるでしょ」

　と言うと、またわあわあ言いだすのである。どうも、名前を出すということに恐怖を感じているらしかったが、ではなぜ警察に電話しようとするのか。

　そのうち、第三者の、これは四十代か私と同じくらいの男が、自転車だったかバイクだったかですうっとやってきて、仲裁してくれた。

　穏やかな顔つきの男で、

「さっきから後ろで見ていたんですが……」

と言って、私をさし、「お兄さん、あなたが悪い」と言う。あとで考えると、いきりたっているのはあちらなので、そういう方向で来たのであろうが、その第三者は、

「だからこちらも、警察ざたにならないようにと思っているんだから、とりあえず謝って……」

と言う。すると男は、「そうだよ、そっちが謝ってくれればこっちだって、はみ出してすみませんでした、ってことになるんだよ」

と言う。順番の問題かと思ったが、よくアメリカでは、こういう時に謝ってはいけないなどと言われていたことがあるが、私は別にそれで謝らなかったのではなくて、謝ってほしいのだとは分かっていなかったし、自分が悪かったとは今でも思っていないのである。

さて、それから二カ月ほどたった十月、今度は本当の交通事故を起こしてしまった。その夏は異常気象で、やたら暑かったり、台風が次々と来たりした上、九月になっても暑く、十月に真夏日があるほどだった。それから急に寒くなったりして、気候の変動に弱い私はふらふらであった。ある日、図書館へ行こうと思ったが寒いので見合わ

せ、午後になって一時間半ほど昼寝をしたら、悪夢を見た。実家にいて、襖の向こうでもう死んだ両親が寝ていて、夢の中でよくある、私は宙にふわふわと浮いて、襖の隙間から中を覗こうとしているのである。

どうも気持ち悪い夢で、何しろ両親は最悪の状況で死んでいる。それでも、起きると、体調がいいので図書館へ行くため自転車で出かけた。いつも行くファミマに寄って、図書館のほうへ走って行くと、前をおじいさんが自転車で走っている。私は徐行しつつ、チリチリンとベルを鳴らしたが、どうも気づいていないようなので、さらに鳴らしながら右側を追い越したのだが、後輪の左側へ当たったらしい。私自身が転倒するほどではなく、前で停まって振り返ると、おじいさんが転倒している。ありゃあ、と思ったら、額から血が出ていて、それが地面まで垂れている。

少し慌てたが、私は携帯電話を持っていなかったから、たまたまそこで何か配達していたお兄さんに、救急車呼んでくださいと言った。お兄さんはかけてくれたが、この住所は、と言うから、ぱっと住居表示を見て「浜田山三の…」と言ったら、手拭いで額の血を押さえたおじいさんが、「いや、下高井戸…」と訂正した。なんでこのおじいさんがここの住所を知っているのかと思ったら、そこを曲がって三軒目がおじいさんの家なのであった。

たまたま通りかかった若い女の人が手助けしてくれて、おじいさんの名前を聞いて行ったら三軒目が確かにそういう家で、しかし誰もおらず、どうもおじいさんが一人暮らししているようだった。

私とその女性とでおじいさんに言われるままその自転車を自宅へ運び込んだのだが、おじいさんは歩いて来て、保険証を取ってくると言って家へ入った。

「血が出たから、内出血じゃないから」

と言っていた。

だがそのうち、救急車と警察が来て、年齢を訊いたら「大正十五年×月×日生まれ」と言うから、九十歳じゃないかと私は驚いた。

警察が来るといろいろ面倒だなと思ったが、怪我をしてしまったらしょうがない。

結局いっぺん家へ戻した自転車をまた持ってきて現場検証である。私はあれこれと状況を説明し、警官は道に白墨で印をつけたが、あとでよく見たら、おじいさんの垂らした血のあとがあったから訂正した。おじいさんは救急車内で頭に包帯をしてもらって出てきたから、これで終わりなのかなと思ったら、また乗ったようで病院へ行ったらしい。しかし、九十歳で一軒家に一人暮らしというのも妙だ。最近まで妻が生きていたのかもしれない。

一通り話をして、これで終わりかと思っていたら、警官が、「このあと交通課の者が来て話を聞きます」と言うからがっかりした。事故が起きたのは四時二十分ころで、もう一時間近くたっており、煙草を喫っていないから喉が渇いてきた。幸い、いつも図書館へ行く途中に自動販売機で買う、蓋つきの缶コーヒーがあったから、それを開けて呑んでいたが、とうとう我慢できなくなって、コンビニで煙草を買って喫っていた。

そのうちやっと担当の警官が来て、もうあたりは薄暗くなっている中で事情聴取を受けたのだが、警官は、

「まあこういう事故で百パーセントどっちかが悪いということはないわけですから」

と言うが、これはおじいさんが百パーセント悪いと思うぞと思った。警官は、

「まあ旦那さんは道の真ん中を走っていたと、これは左側通行ですから」

と私が悪いことにしようとするので、

「しかしおじいさんが真ん中を走っていたわけで、それを追い越そうとすれば右へ

回るしかないですよね」

「まあ、そうなんですが…」

「左から追い越していいんですか」

「いや、そうじゃないですが」

「追い越すなってことですか」

「いや、そうでもなく…」

警官はこの線は諦めたらしいが、どうやらおじいさんは、右折しようとしていたのでぶつかったらしい。つまりこちらのベルが全然聴こえていなかったわけで、

「九十歳で自転車を運転するのが間違いだと思いますけどね」

と私は言った。警官は、

「いやまあ…。自転車が免許制度ならまあそれも」

「私は自転車も免許制にすべきだと思いますよ」

「いやあ…」

で、方向を変えて、

「あそこはまあ四つ角ですね。だから右折するなら、まっすぐ行ってこう右折して

渡るということになるわけで、それをしなかったおじいさんが悪いんですが」

あの、バランスをとるだけで精一杯でふらふら走っていたおじいさんにそんなことができるはずはない。だが警官は、

「けれど旦那さんも、そういう四つ角で十分注意しなかったということで」

と、私も悪いことにするのである。

「何を注意すれば良かったんですか」

と訊くと、

「いえ、それは…」

目の前をふらふら走っているおじいさんにこれ以上何を注意しろと言うのか。だが私もたいがい疲れてきたし、家では妻が心配しているだろうから、これ以上抵抗しても仕方がない。私は数年前に、頭のおかしい女に刑事告訴されて、自宅で調書をとられたことがあり、それは録音しておいた。この時も、いったん帰宅させてもらっても良かったかもしれないが、それほどのことでもあるまいと思った。私は書類送検されるそうだが、前回も不起訴になったし、今回もそうだと警官は言った。

書類の冒頭には「自分の意思に反して話したことはない」と書かれているのだが、

「交差点で十分注意しなかった」などとは私は思っていない。しかしこれに抵抗したら、単にこの場で拘束されるだけである。

私の名前と住所を先方に教えていいかと二度言われ、いいですよと言った。あとで連絡があって示談交渉になるかもしれないと言う。

左手の親指で黒の拇印を調書に捺して、私が解放されたのは六時近く、あたりは薄墨色になっていたが、私は図書館へ向かって用事を済ませ、自宅へ帰った。

妻に話すと、一瞬顔色が白くなった。

「衝突して」

と言うと、「あなたが?」

と訊くから、いやおじいさんが、と答えたら、目撃しただけかもしれないと思った、と言う。目撃しただけでこんなに遅くならないでしょう、と言った。

夏の自動車のこともあるし、私は最近、自転車で右側を走ってくる者やら、歩きスマホの者を批判していたから、そのうち何か事故を起こすんじゃないかと思っていた、と妻は言う。

「きっと歩きスマホの人に衝突すると思っていた」

と言いつつ、私に「反省」を迫るのだが、前回の車の時はともかく、今回は私はまったく悪くないのである。どうしろというのだと訊くと、

「おじいさんやおばあさんを追い越さないこと」

と言うのだ。そんな無茶な。

ともかく私は友人の弁護士にメールをして、少し打ち合わせをした。すると電話がかかってきたが、さっき取り調べをした警官で、あちらから連絡がないのだが、そちらには連絡があったかと言うので、いやまだだと答えた。

翌日は妻は非常勤講師の仕事に出かけたが、おじいさんの息子とかの怖い人から連絡があってもめたらどうしようと私も不安になり、夜までどうもおちつかなかったが、ついに連絡はなかった。あちらにしても、事情を聞けば、おじいさんが悪いのだから、賠償を請求するというわけにもいかないのではないか。

結局、連絡はなく、一週間ほどしておじいさんの家の前を通ったら、洗濯物が干してあったから、ああ生きているんだなと思った。

家の前の通りへ出て少し行くと、「鎌倉街道」という南北に走る通りがある。徳川時代から、武蔵野のこのあたりから鎌倉へ抜ける道があり、その名残だろうが、大層

な名前の割に細くて、そこを自動車が往復しているから自転車などで通行するのは危険だ。そこを行くと商店街のはずれに出るのだが、コムソモリスカヤがなくなって一年ほどして、そこに「イオン」ができた。入ってみたら、客は少ないし、生鮮食品からカプリコまでお気に入りのものが揃っている。特に、たらこがあった。

商店街の駅寄りのところに魚屋があったのだが、そこにもたらこはあった。私は若いころ、丸元淑生の本で、たらこは栄養分が高いと読んで以来のたらこ好きだが、辛子明太子が嫌いであった。その魚屋では、ショーケースの向こう側に板前姿の店主がいて包丁をふるっているのだが、たらこは別の冷凍庫に、辛子明太子と並べて置いてあった。私は時々そこでたらこを買ったのだが、ある時、たらこか辛子明太子か分からないものがあったので、「これはたらこですか」と訊くと「はいたらこですっ」と言うから買って帰ったら明太子だったということがあり、魚屋は敬遠してイオンで買うことにした。

ところがこのイオンで、コムソモリスカヤにいたおばさんが働いていた。カプリコというのは、コーンアイス状のお菓子だが、この辺でカプリコを置いていたのはコムソモリスカヤしかなく、つまりコムソモリスカヤがイオンに移ったのだ。

しかし、コムソモリスカヤがなくなった影響は私には大きかった。というのは、散歩をやめてしまったからで、あの散歩は、帰りにふとコムソモリスカヤに立ち寄るというささやかな楽しみがあったから成り立っていたので、なくなったら出かける気にならなくなったからで、そのため私は運動不足になって足腰が弱ってしまったのである。

このイオンは、すいていて、私の心を和ませてくれるものがあったから、好んで出かけた。だが、見てきた妻は、あれは独身の男用の店だ、と言った。私は独身とか事実上独身のことが長かったから、適っていたのだろう。それにしても、店なるものがいつもすいているというのは良くない。そう思っていたら、やはり二年ほどでまたつぶれてしまった。

ホレイショーの自白

フォーティンブラスは訊いた。

「それはまことか」

ホレイショーが答える。

「まことでございます」

ホレイショーは、自分はハムレット王子にとってはスパイだった、と言うのである。

「ハムレット王子は、私だけに、父王の亡霊らしきものを見たこと、そしてこれから前の王クローディアスを試すために狂人のまねをする、と打ち明けました。しかし私は折を見て、そのことをクローディアス王に告げていたのです」

「クローディアスだけか。ポローニアスには」

「言いませんでした。おそらくクローディアス王もポローニアスにそのことは言っていなかったと思います」

「で、オフィーリアは」

ホレイショーは、少し考えた。言うべきことを整理しているようだった。

「ハムレットさまの恋文をオフィーリアさまに渡したのは私です。ですからオフィーリアさまは私にいろいろ尋ねてまいりました。私は、王子は間違いなくオフィーリアさまを愛しておいでだと言い、ほかのことは王子に直接尋ねるよう申しました」

今度は、フォーティンブラスが考え込んだ。

「それはかえって彼女を混乱に陥れたのではないか？」

「そう思います」

「わざとそうしたのか？」

「いいえ、はからざる結果でした」

「なぜ、そのようなことをした？」

「スパイですか？」

「うむ」

「あの方が、私を信用したからです」

「どういうことだ？」

「あの方は、父王の亡霊を見ても、完全には信じられなかった。悪魔かもしれないと思われた。だから、誰も信用できなくなったのです」

「うむ」

「ところがそこで、なぜか私だけはやすやすとお信じになったのです」

「それで」

「なぜでしょう」

「親友だからではないか」

ホレイショーは、にやりと笑った。

「それですよ。親友だから信用できる、なんて、なぜ言えるのです」

「なんだと？」

「私とてデンマークの臣民である以上、クローディアス王を王と仰いでいるのですよ、それをただの『親友』という言葉にすがって、全部打ち明けるとは、何たる間抜けですか」

フォーティンブラスは、不快そうな顔つきになった。

「いいですか、ハムレット王子が言ったのは、これから狂人のふりをするから、お前だけは知っていてくれ、だがそれを、分かっているような口ぶりで漏らすのはやめてくれ、ということですよ」

「そうだ」

「それを誰かに言う必要がありますか？」

「必要がないと？」

「そう、確かにハムレット王子は最後に、私に託して、自分のことを世間に説明してくれ、そうでないと自分の汚名が残ってしまう、と言いました。では私がもしあの時の騒ぎで死んでいたら？　あるいはクローディアス方の誰かが私を殺したら？　王子は手記でも書いておけば済んだことではありませんか」

「あまりにひどい言いようだな、お前を信じて秘密を打ち明けた者に対して」

「そう、それです。王子は、一人で秘密を抱えることができず、私に一緒に重荷を担え、と言ったわけです」

「親友だからな」

「お待ちください、フォーティンブラス王、一人で秘密を抱えることが、できなかったのでしょうか、できたけれどしなかったのでしょうか」

「お前の言いたいことが少し分かってきたぞ。できなかった、はいけないということだな」

「さよう、一人で秘密を抱えることのできない男が、王になっていいものでしょうか」

「……ふむ」

「クローディアス王は、一人で秘密を抱えておられました。こちらのほうが、王として優れているのではありませんか」

「兄殺しをのぞけばな」

「もう一つ、申し上げたいことがあります」

「なんだ」

「どうせ秘密を打ち明けるなら、ハムレット王子はなぜオフィーリアさまに打ち明けなかったのでしょう」

「それは、ポローニアスの娘だからだろう」

「そこです。もし王子とオフィーリアさまが相愛の仲なら、父よりも王子につく、というのが筋ではありますまいか。聖書の教えでもそうなっていませぬか」

「うむ……」

「王子は、オフィーリアさまの死体を見て、俺はオフィーリアを愛していた、と叫びました。そうなら、オフィーリアさまを信じるのが筋、またオフィーリアさまが父上に告げたとしたら、それはそれでオフィーリアさまに殉じたとも言えます。『愛』とはそういうことではありませんか」

フォーティンブラスは、難しい顔つきで考え込んだ。

「言いたいことはそれだけか」

「はい、特に言いたいこともありませんが、一つ、なぜ世間では、親友だから信用するというようなことを受け入れるのか、それが疑問だ、と言いたいだけです」

「そうか……」

十日後、ホレイショーは処刑された。

初出一覧

「とちおとめのババロア」（『文學界』二〇一八年三月号）
「実家が怖い」（『文學界』二〇一八年一〇月号）
「五条楽園まで」（書き下ろし）
「さようならコムソモリスカヤ・プラウダ」（『文藝』二〇一八年冬季号）
「ホレイショーの自白」（書き下ろし）

小谷野 敦（こやの・あつし）
1962年茨城県生まれ。東京大学文学部英文科卒。同大学院比較文学比較文化専攻博士課程修了、学術博士。大阪大学助教授、東大非常勤講師などを経て、作家・比較文学者。2002年に『聖母のいない国』（青土社）でサントリー学芸賞受賞。著書に『谷崎潤一郎伝』『川端康成伝』（以上、中央公論新社）、『文学賞の光と影』『弁慶役者　七代目幸四郎』（以上、青土社）、『馬琴綺伝』（河出書房新社）、『江藤淳と大江健三郎』（筑摩書房）、『東十条の女』（幻戯書房）など多数。

とちおとめのババロア

2018 年 11 月 25 日　第 1 刷印刷
2018 年 12 月 10 日　第 1 刷発行

著　者　小谷野 敦

発行者　清水一人
発行所　青土社
東京都千代田区神田神保町 1-29　市瀬ビル　〒 101-0051
電話　03-3291-9831（編集）03-3294-7829（営業）
振替　00190-7-192955

印刷・製本　シナノ印刷

装幀　小沼宏之（Gibbon）

ISBN 978-4-7917-7121-9　C0093